U0964396

文学新观赏　青少年读写范典丛书

高长梅　王培静　主编

那些被小雨打湿的记忆

王季春　著

花山文艺出版社

图书在版编目（CIP）数据

那些被小雨打湿的记忆 / 王季春著.—石家庄：花山文艺出版社, 2013.6（2021.6 重印）

（“读·品·悟”文学新观赏·青少年读写范典丛书）

ISBN 978-7-5511-1032-7

Ⅰ.①那… Ⅱ.①王… Ⅲ.①散文集—中国—当代 Ⅳ.①I267

中国版本图书馆CIP数据核字(2013)第112169号

丛 书 名：文学新观赏·青少年读写范典丛书
主　　编：高长梅 王培静
书　　名：那些被小雨打湿的记忆
作　　者：王季春

策　　划：张采鑫
责任编辑：郝卫国
责任校对：齐　欣
特约编辑：李文生
全案设计：北京九洲鼎图书有限公司
出版发行：花山文艺出版社（邮政编码：050061）
（河北省石家庄市友谊北大街330号）
销售热线：0311-88643221
传　　真：0311-88643234
印　　刷：永清县晔盛亚胶印有限公司
经　　销：新华书店
开　　本：710×1000　1/16
字　　数：160千字
印　　张：11
版　　次：2013年7月第1版
2021年6月第2次印刷
书　　号：ISBN 978-7-5511-1032-7
定　　价：36.00元

（版权所有　翻印必究·印装有误　负责调换）

读，是为了更好地写

高长梅

阅读的目的是长见识，是提升自己的文化素养。这是“读”的基本意义。

很多时候，我们的阅读也无任何的目的，就是为了消遣，为了解闷，为了打发时光。其实，这是“读”的另一种境界。

但对学生乃至爱好写作的人而言，“读”还是为了“写”，即人们常说的“读写结合”。这，却是大有讲究的。

“读什么”，“怎么读”，“读”如何促进“写”，这个问题困扰人们少说也有两千多年了。外国不言，单说我国自《诗经》始，《四书五经》到《千家诗》《古文观止》《唐诗三百首》，哪一个的“读”不涉及后人的“写”？“熟读唐诗三百首，不会作诗也会吟”就说明了“读”和“写”的朴素关系。

“读”于“写”的第一点，当是语言的积累。对绝大多数人而言，“会说”也“能说”几乎是与生俱来的，但这些不一定就是我们写作的语言。即使你“会说”、“能说”，但不一定能准确表述你的想法，你的所见所闻；尤其是不一定能用丰富的、生动的、形象的语言或简洁的、凝练的、科学的语言来描述人或事物或观点。写作当如建房，没有各式各样的语料积累，其结果可想而知。巧妇难为无米之炊，再牛的能工巧匠没有基本的建筑材料他也盖不起房子来。但语言积累，不是简单的语言记忆，要内化为自己的，要在自己的胸中发酵，要让它带上自己的思想、情感。这样，在写作运用时，就不会是简单的模仿甚至抄袭。即使是原句引用，也会与你的文章融为一体，恰到好处。初学写作者，常常苦恼自己词汇少，不能准确表述自己的思想;或苦恼自己写得干巴巴的,没血没肉;或苦恼自己虽写得字通句顺,却不像别人写的那样摇曳多姿;等等。多积累语言,是根治这种“疾病”的唯一药方。因此,我们在“读”时,就要看别人是怎么用字、怎么用词、怎么用句……来描写、叙述、来情、议论的。

“读”于“写”的第二点,当是技巧的化用。“我手写我心”,看似简单轻松,看似随意,但正如建房,砖头、瓦块、木料等都摆在了你的面前,却不是任何人都建得了房的,你得有建房的技能。写作也是一样,你得掌握一定的技巧。人物怎么描写,事件怎么叙述,情感如何抒发,道理如何论证,等等,你得掌握其基本的方法,然后才能“心到手到”,写出一篇像样的文章。我们要像建房者,先做“小工”,看人家是如何砌墙、如何粉刷的;然后做“匠人”,亲自实践,在模仿中掌握其方法,逐渐为我所用;“匠人”做多了,熟练了,就成了“师傅”。“师傅”一级,技巧娴熟,房建得漂亮。而用心的“师傅”爱钻研,爱琢磨,结合他人的方法创造出更好的新方法,他就成了“建筑师”。写作同理。我们不少阅读者,语言的积累比较重视,但琢磨人家写作技巧的不多,所以文学爱好者不少,但成为作家的就少多了,原因大概与这有一定的关系。因此,我们在“读”时,就要看别人是如何选择材料、如何谋篇布局、如何安排结构、如何运用表达方式、如何布置情节……看他们如何安排重点、如何把人物写活、件、如何条分缕析丝丝入扣、如何巧妙起承转合……

“读”于“写”的第三点,当是思想的融合。有了语言的积累,也掌握了一定的技巧,文章也写得是这么一回事了。但你的文章仅仅止于此,那也不过如同一栋能住人的房子而已。一篇文章品质的高低,除了语言的准确、生动、丰富、优美、灵动……除了构思的奇巧、结构的多元、情节的波澜、布局的精妙、手法的多变……是否有思想就显得格外重要。我们常说,这篇文章语言优美,构思巧妙,但立意不高。我们还常说,这篇文章不仅语言优美,构思巧妙,而且立意高,有思想。一篇仅靠语言打扮的文章,就好比一个俗人涂脂抹粉；一篇仅靠卖弄技巧和语言的文章，就像一个没有灵魂的美人卖弄风骚而已。语言可以记忆，技巧可以模仿，但思想要靠领悟，要融入作品之中去反复地阅读，要从深层次去寻找作者的精神。有的人的文章写得很美，技巧也妙，但就是没有深度，没有思想，没有灵魂，没有底蕴，往往就事论事，往往只是当复印机，复制了场景，复制了人物，复制了事件，但都是没有活力，没有生气，没有精神的。在阅读中提升自己的思想，的确常被我们忽视。思想靠别人的潜移默化来，精神也靠别人的影响而来。我们常听说在阅读中提升了自己，净化了自己，受了一次洗礼似的教育，等等，大约就是指这些吧。所以，我们在“读”时要琢磨别人是如何通过人物的描写表现人物的思想、精神，琢磨别人如何通过将一般人眼中的小事、凡事写出其社会价值，琢磨别人如何从一滴露珠看出太阳的光芒……如何选择语言材料最准确、最鲜明地表达出思想内容而非干巴巴贴标签，如何通过景、人、物悟出其蕴含的道理而非故弄玄虚牵强附会……

“读”于“写”的第四点，当是情感的交融。文章当有情，无论你是否抒了情，情就不自觉地流出了你的笔端。阅读中，我们除汲取作者的语言养料、技巧养料、思想养料外，还要品味、感受作者的“情”。与作者同悲，与作者人物同喜，置于作者笔下的优美环境而赏心悦目，等等。这就是受作者之“情”的“滋润”。文章是否感人，除了语言、思想外，有无“真情”很重要。朱自清的《背影》靠的是“情”的打动，鲁迅的《记念刘和珍君》这篇“血写的文章”其实靠的也是“情”的喷发。一篇只有华丽的语言而无思想的文章犹如没有灵魂的躯壳；一篇即使有非凡高度思想而无情感的文章也不过是一具可能具有文物考古价值的木乃伊。但“情”在文中的宣泄如何把握，这也是我们在阅读中要学习的。这也是我们常犯的错误。写作中我们或无病呻吟虚假瘆人，或情溢滥觞叫人发腻。让“情”如何恰到好处，非向好文章学习不可。这样，我们在“读”时，就要仔细琢磨别人是如何选择写作语言表达出作者的喜怒哀乐之情，如何传递作者人物的喜悦、哀思、忧怨、恋情，或深、或浅、或缠绵、或热烈，或似小溪的舒缓、或似大海的波涛、或似斗室之花的温柔、或似山野之花的奔放……看作者如何褒贬对象，看作者如何措辞达意致情，看作者如何巧借人、事、景、物以寄寓情感……

“读”于“写”的第五点，当是风格的鉴赏。所谓风格，它是一个作家成熟的标志，是作者在文章（文学作品）中表现出来的艺术特色和创作个性。我们鉴赏其风格，主要是学习他如何创造和完善文章（作品）的风格，也就是看作者在处理题材、驾驭体裁、描写形象、表现手法、运用语言等方面各有什么特色，最终形成了怎样的风格。这些风格，最后成了一个作家个性化的标志。当然，这是“读”的高要求了。琢磨多了，实践多了，很多写作者也形成了类似的风格，便也融入了原作者的风格之中，也就形成了“派”。比如“荷花淀派”、“山药蛋派”、“读者体”、“知音体”，等等。当然，也不能简单模仿，也要适时变化，否则当年散文必“杨朔式”、小说必“欧·亨利式”的文学闹剧就会重演。

习作者若能此，写出好文章就有可能了。

弄明白了这些，还有一个重要的问题是选择什么样的读物。读名著，当然好。但很多名著由于作者所生活的时代不同，社会环境不同，或阅读者的阅历不够，文化积累不够，不一定读得懂，更不用说借鉴于自己的写作了。

基于此，我们推出了这套《文学新观赏·青少年读写范典丛书》。这些作品，不是名著，但是属于好作品；没写重大题材，但大都真实反映了社会生活的变迁，人们精神面貌的焕然一新；没有高深莫测的技巧，但或平实、或奇巧、或清新可人、或浓郁奔放，更适合青少年读者学习、借鉴。

目录

mulu

第一辑 瑟瑟黄花淡淡开

第二辑 片片红叶醉秋心

第三辑 盛夏的一丝清凉

第四辑 品味等待

第五辑 茶韵悠悠

第六辑 妙笔宅心显本色

第七辑 凌寒红杏报春来

第一辑

瑟瑟黄花淡淡开

香甜的记忆儿时的馍

春节是中华民族的传统节日，每到春节，家家户户都要做很多面食，比如，蒸包子、包饺子、炸油条、做发糕，等等。一来表示对一年丰收成果的祝贺，二来也是对家人一年辛苦劳作的犒赏。在记忆中，做得最多的面食就是带尖的签子小馒头了。

说到签子馒头，不免想起儿时的农村，在那个经济匮乏的年代，一年到头难得吃上一顿白面馒头，所以，农村的孩子们最盼望着过春节，因为只有过春节才能吃上白面馒头。

签子馒头又叫小馍馍。从记事起，每到过年，家家户户都要蒸好几面袋子小馒头，以备来年招待客人用。记得那时候，过了腊月二十三小年，母亲就开始准备蒸小馒头的材料，用石磨推的精细面粉，蒸馒头的箅子，干净的蒸笼布，等所有的用具准备停当就开始发面了。开始发面之前，母亲就开始洗手，说是做过年的食品要干净，不然是对神仙不尊敬。母亲先把面肥（也叫“面头”）加温水泡开，然后开始和面。那个年代没有暖气，母亲就让父亲把炕烧得暖暖的，把和好的面放到炕头上暖着。等到面发开后，再按比例掺上碱面反反复复地揉。揉面的时候，母亲就笑着说那句流传在农村的俗话：“打服的媳妇揉倒的面”。只有把面揉得白皙发亮，蒸出来的小馒头才口感劲道，味美香甜。

母亲迷信，而且很虔诚。过年不管做什么食品，做熟后不让我们吃，要先上供，要供天地，供财神。等到馒头蒸熟后，母亲就会挑选几个样子好看周正的小馒头，还要单数，说敬神的供品都是单数。然后母亲会小心翼翼地放到干净的茶盘里上供，烧纸，点香，跪拜，嘴里还嘟嘟囔囔地祷告。这个时候，我们也学着母亲的样子磕头跪拜，嘴里也学着母亲嘟囔着，尽管自己都不知道嘟囔的什么，眼睛却盯着桌子上热气腾腾的馒头，盼望三炷香赶快燃尽。因为母亲说，三炷香燃完了，就证明菩萨们已经品尝过，这样你们才能吃。虽然现在想起这些觉得好笑，但是在那个贫穷的年代，只要能提前吃到小馒头，母亲让干啥就干啥，母亲说什么我们都信。

母亲善良，但母亲有时也重男轻女。给我们分吃小馒头的时候，总是将带尖的一头留给哥哥弟弟们吃，说什么男孩子吃馍馍尖，长大了好做官。我与姐姐们虽然生气，但也是敢怒不敢言。母亲说者无心，而哥哥弟弟们却听者有意。等到馒头凉透，装袋子的时候才发现，半笸箩小馒头都没有尖，原来都被哥哥和弟弟揪掉吃了。母亲哭笑不得，我们则在一旁幸灾乐祸。

如今，吃馒头已不再新鲜。城市大厨房里的馒头虽然也味美香甜，但怎么也吃不出儿时母亲亲手做的那种小馒头的味道。

瑟瑟黄花淡淡开

阳春三月，朋友从外地发回几张油菜花照片，黄澄澄、金灿灿的一片，用宏伟壮观来形容一点也不为过。

我一张一张翻阅着，羡慕惊讶之余，有些可惜，可惜自己不是自由之身，不能随他们前行，不然会有多少感慨与诗文迸发啊。说归说，如果真到那里，说不定就啥也写不出来了。

七十年代中期，鲁西北的农村，温饱还没有解决，大片的土地人们只用来种植粮食作物：小麦与玉米。在那个年代，春季正是粮食青黄不接的时候，人们填不饱肚子，所以，每到秋播时，会在麦垄间撒上油菜子，来年春天，油菜不但可以做菜，麦收时节收获的油菜子还可以榨油。

出土后的小油菜苗随着麦苗一起成长、过冬。第二年一开春，便开始返青变绿，等到阴历三月底便彻底油绿茁壮起来。

记得那年初春，姐姐带着我与村里的几个大姐姐大哥哥们去邻村的麦田拔油菜（说是拔，后来才知道其实就是去偷）。姐姐手快，一会就拔了半篮子，我磨蹭着拔不了几棵，一是刚返青的油菜苗刚脱离地面抓不着，用手拔很费劲，只能拽下几片叶；再就是我不会用镰刀。姐姐一边埋怨我笨，一边帮我拔满篮子，然后催促着快走。正在要走的时候，远处跑来一个人，一边跑一边喊："你这些祸害年头的孩子们，给我住手。"姐姐也顾不上我了，挎起篮子就跑，等到看田人跑到跟前，他们也早就做鸟兽状，消失的无影无踪了。我这才明白，原来这油菜苗不是随便拔的，顿时我吓得发抖，腿软的竟然挪不动腿，只有捂着双眼装哭。

看着被拔的乱七八糟的油菜田，看田人心疼之余，无不惋惜地自言自语到："哎呀，可惜可惜啊，这不是糟践年头吗。"然后扭过头，拉着我的篮子，恶狠狠地说："刚刚这么小的苗，你们就祸害，真想揍死你。"我透过指缝看着他凶神恶煞的样子，吓得哇哇真哭起来，一边哭一边说："这不是我拔的，是姐姐帮我的。"看田人长长叹了口气说："你知道你这一篮子油菜将来收获多少吗？你这一揽子油菜最起码有六七十棵，长大了，要产很多菜，成熟了还产菜子油，看看，都没有了。"看田人好似越说越气，干脆夺过我的篮子，拽着我胳膊说："走，到学校找你老师去。"一听说找老师，我又吓得哇哇哇大哭。那时候刚上二年级，老师天天教育我们学雷锋做好事，我学习好，又是三好学生，如今偷油菜被人逮着，老师知道了可怎么办啊。那时候，别看人小，自尊心挺强。我抽泣着央求："我不知道这是来偷，姐姐只说带我去拔油菜，我就跟着来了，以后我不敢了。"可能是这个人看我年龄小，还鼻涕拖拉的，又念我不知道实情，便长长地叹口气说：“挎上你篮子走吧，记住，以后不许再来了。”

从那以后，姐姐又跟着村里的几个人又偷过几次，只是我一口也不吃。当母亲给我盛满飘着油菜叶的粥时，我一片片全捞出来。姐姐气得翻着白眼说母亲：“她不吃拉倒，饿死活该。”我也翻着白眼反击道：“坚决不吃，就是坚决不跟你们同流合污了。”

当满地的油菜开花的时候，村里的其他小朋友都成群结队去看油菜花，只是，有那次“偷”的经历让我心虚，再也不敢踏进那油菜地半步。

随着年代的更替，许多记忆也在不知不觉中消失，只有童年偷油菜的那段经历如陈年旧伤在心口，触之隐痛，谈之羞愧。每到油菜花开的季节，又像萦绕在我心空的绮梦，让我魂牵。

如今，望着图片上满山遍野的油菜花，不由我感慨万分，多想腋下生出双翼，飞临花海，任凭那清香四溢的淡淡黄花染目熏衣，涤去那些不快的记忆。

盛满爱意的心

四月的风，携着茵茵春意，游走在河川，游走在堤岸，也游走在田间、地垄。听人说桃花开了，周末，与几个朋友相约一起去看桃花。

远远望去，桃园已是人涌如潮，各地前来赏花的人络绎不绝。路两边，档次不一、大小各异的车辆排出数里地，想找个停车的地方都难。向来不喜欢凑热闹，想原路返回市区已不可能。听人说，从此地向西，顺着章渭新河堤就能返回市区，只是路不太好走。朋友们担心是否能过去，我说：“反正也是出来玩，就当春游探险了，说不定就有奇迹出现。”其中两人愿意留下凑热闹，大家只好兵分两路，我们三人顺着河堤前行。

那天的风挺大，车行驶在河堤上，挡风玻璃全是土。前方是一片杨树林，我们行走的这条小路正伸向林子深处。待车驶进林区后，高大深密的参天杨树像一道天然屏障，将风沙挡在林外。小路倒也清幽干净，树叶闪着油油的亮光。

隐约间，一片粉红出现在视线内，原来是一片桃林。

这片桃林隐在杨树林深处，南面临河，东、西、北面全是杨树，桃园就坐落其中。“好一片依林傍水的桃园啊”，大家禁不住惊讶着、赞叹着。一对夫妇正在林间翻地，一头老牛拴在地头的地板车上，老牛懒懒地眯着眼，像是睡着，又像是被花香薰醉。风薰，牛醉，农人忙，一幅田园牧歌的画面展现在我们面前。

见有生人来，老牛哞哞叫着，好像在提醒主人，“有人来了”。那对夫妇热情地从田间迎出来。我不解地问：“有牛不用，用人翻地啊？”“这头牛干了一辈子活，老的嚼牙都没了，不忍心再让它干活了。”男人道。女人凑近我们小声说：“他对这头牛比儿子还亲，草料里总是少不了加些粮食。夏天下地干活，怕它中暑，每天给它喝两个鸡蛋呢。”他憨笑着挠挠头，说：“这么热的天，人都受不了，更何况牛还顶着日头干活呢。”“那又为何整天让它跟着到田间来呢？”他说：“牛本来就是干农活的，它离不开土地，更离不开大自然。都说生命在于运动，牲口也不例外啊，不能整天圈在圈里不动，那样牛会生病也会老得快。所以，我们每天下地劳动的时候，就带上它一块出来透透气。”他又说，“也想到过卖掉它，可又不舍得，怕卖给屠夫。这些年跟这老伙计有感情了，宁可看着它老在我手里，也不忍心让人宰杀。”

我知道，这是善良的人在实践着孟子所说的“见其生，不忍见其死；闻其声，不忍食其肉”。尽管他可能不知道孟子是谁，但他对生命的理解与敬重足以令人佩服了。

听他说，这片桃林与这头老牛是他们家主要经济来源。这些年，这头牛也为他家出了力了。先不说拉车拉套干农活，就是一年下一个小牛馍，就有几千的收入。他还说，每年他家的桃子卖的价钱在附近这些果农中也是最高的。男人可能看出我的疑惑，他兴奋地比画着，说："你看这三面都是树林，鸟雀也多，就算桃树生虫子还不够它们吃的呢。所以啊，等摘桃子的时候，我总会在树上给它们留一些当"口粮"，就当感谢它们了。"

不免想起一个《喜鹊与柿子》的故事：韩国北部的乡村公路边有很多柿子园，金秋时节正是采摘柿子的季节，当地的农民常常会留一些成熟的柿子在树上。他们说，这是留给喜鹊的食物。这里是喜鹊的栖息地，每到冬天，喜鹊们都会在果树上筑巢过冬。有一年冬天特别冷，下了很大的雪，几百只找不到食物的喜鹊一夜之间都被冻死了。第二年，一种不知名的毛毛虫突然泛滥成灾，那年秋天，果园没有收获到一个柿子。直到这时，人们才想起了那些喜鹊，如果有喜鹊在，就不会发生虫灾了。从那以后，每年秋天收获柿子时，人们都会留下一些柿子，作为喜鹊过冬的食物……

我又被他的善良所感动，也为人与鸟雀和谐相处而欣慰。细细想来，他留给鸟雀的不单单是果子，还有一颗盛满爱意的心。因为，他明白一个简单的道理，就是给鸟雀留有生存的空间，就等于给自己留下了生机与希望。

桃园随想

如果你不亲自去赏桃花，对那些赞美桃花的诗句可能不会产生什么感觉。如果你看了桃花，肯定会觉得她唯美难言，也就不奇怪古人那一曲曲、一阕阙清新雅致、意味深长的"爱之恋歌"让人从古唱到今了。

初开的桃花，像怀春的少女，玉面粉腮，吹弹可破。经过春风抚慰与春雨的滋润后，便腮上红霞次第开，而且开得恣意舒坦，不知道收敛。那风情万种的艳丽，像一个成熟的姑娘，仙姿摇曳中，婆娑成天上的红云，洋溢着浪漫的色彩。

尽管生命的花期短暂，但激情与浪漫在饱满鼎盛时期相遇，少了懵懂的青涩，多了成熟的放纵，并以赴汤蹈火的决绝与准备了一冬的迫切，让自已毫无保留地也不愿意保留地绽放在春光里。一阵狂风可能让她花容尽失，一场急雨也可能让她香魂散去，化尘为泥。但爱花之人是不忍踩上它的，虽然不会像黛玉葬花那样担着花锄，挂着花囊，拿着花帚埋香冢，但也会小心翼翼地绕过，还它个“质本洁来还洁去”。

我们偶遇的这个桃园，因三面环林，所以桃花较林外开得晚些。深红的，淡粉的，光鲜剔透。那一树树灿如云霞的桃花，在春风的召唤中，开得雅致开得悠闲，开得一片深情，那色彩带着诱惑。

听人说，花香可以怡情，花香可以养性。果然，置身其中，在熏风微拂里，在蜂蝶曼舞里，听蜜蜂嘤咛，品鸟儿啼啭。纷扰的思绪顷刻便得到梳理，烦躁的心境瞬间便得到宁静。

也可能人的骨子里早已融进了桃花的香艳吧，人游走在这茵茵春意里，难免会生出些许儿女情长。沐浴在这馨风香雾中，让灵魂穿越古老的时空，翻越世俗的藩篱，去唐诗宋词里寻找最原始的放浪与纯真……

桃花不管是开在田间山野，还是开在深宅大院，只要进入视线，总是相看两不厌。崔护的“去年今日此门中，人面桃花相映红”，就是将一份平淡、暗含幸福的情愫洋溢在字里行间。郊外野游，那桃花掩映里的村舍，大门里为他端水出来的少女，那情意殷殷注视的双目，让诗人过目不忘，心生眷恋。在诗人的眼里，树上的桃花艳丽、绚烂，固然引人爱恋，但只有与姑娘的面孔相映才显出它的明艳来。此去经年，再度寻觅，大门深锁，芳踪不见，春风依然，只留下诗人的爱恋与思慕之情洋溢在春风中。才有了惆怅满怀含蓄婉转的“爱之恋歌”。

诗句里的情景无法再现，如今的痴情男女在爱情上还是愿意复制诗里的浪漫，来填充现代爱情的单薄。尽管花样不断翻新，版本各异，但追求美好爱情的愿望是一成不变的。

一对新人的婚礼在桃园举行，洁白的婚纱，如花的容颜令人百看不厌，执手相挽的亲密，与洋溢着幸福的表情令人暗羡不已。也可能这对男女把桃园当作见证爱情的好去处，与山盟海誓的圣地。也可能是借助桃花的好运来寻找心灵的慰藉，求证爱情的真谛吧。

千百年来，世外桃源一直被人们作为追求理想环境，向往美好生活的精神寄托。陶渊明在《桃花源记》里，向人们描述了一个没有阶级，没有剥削，自食其力，自给自足，和平恬静，人人自得其乐的社会。“春来遍是桃花水，不辨仙源何处寻”这里不正是人们憧憬的人间仙境吗？尽管这片桃园地处平原，并没有山。但这里水碧天蓝，白杨参天，蜂蝶曼舞，鸟雀啼啭。赏花人频频花间留影，农家人忙着畦间耕作。一派自然和谐的田园风光，让人游兴难尽，流连忘返。

那对夫妇，那方桃园，那头耕牛，在绿树掩映里，在碧水环绕中，多像一幅灵动的水墨画啊。这幅画里有桃花的馨香与沉醉，有劳动的汗味与安歇的鼾声，有牛与青草的气息，还有树梢上端留给鸟儿红透的果子，这幅画的主题叫和谐。在人们注重健康，注重环保，注重绿色的今天，我敢说，不管谁看到这幅画，准会生出无限向往之情的。

都说桃花是百花中最艳丽的花朵。现实生活中，人们也常常用“艳若桃花”来形容一个女子漂亮。细细想来，一个女人如果艳丽到挡不住的地步，免不了让人欢喜让人忧，也难免会招来无数烦恼。

历代女子因美色引起争端的有之，祸国殃民的有之。春秋时代的美女息妫，有着倾国倾城的容貌，就是因为她的美丽而引起两国的争端，一夜之间成了亡国的祸水，背负着千古骂名。商朝的妲已，助纣为虐残害忠良，最终导致商朝灭亡；明朝末期的陈圆圆，因色艺双绝而芳名远播，才有吴三桂“恸哭六军俱缟素，冲冠一怒为红颜”。除非是“养在深闺人未识”。

其实 从古到今，人们去欣赏一个女人，不单单是欣赏她的容貌，还要欣赏其品质与修养。诗经之《桃夭》里，“桃之夭夭，灼灼其华”，用桃花的美来比喻女人的年轻娇媚，表面上看是写女人的容颜，实际上是写女人的品质。

一个有着桃花般容貌的女人，她不但受过良好的教育，还要贤淑良德，心无别念，宜家宜室。与人之间优雅相处，不来回传话，不挑拨离间，不在外招蜂引蝶。这样的女子才是当代女子的典范，也是男人眼中的珍宝。

说到花，自然想到果。桃子全身都是宝，果肉质甜味美，被称为“天下第一果”，桃仁有很高的药用价值。在儿时的记忆里，最喜欢的还是桃核。

小时候，每到桃子成熟的季节，吃完桃子后，母亲总是叮嘱我们要留着桃核。然后将桃核洗干净，手巧的父亲，用小刀小心翼翼地将桃核内的桃仁一点一点剜出，然后将桃核刻成小筐子的样子，母亲再用红线将其串起来，做成类似现在的手链之类的饰品。母亲说，戴上这个能长命百岁，还能辟邪震灾。她让我们好好带着，千万别弄丢了。现在想来，每一串桃核链上都倾注了父亲的心血，每一句叮咛里都包含着深深的母爱……

朋友来电话说，她那儿人涌如潮，人声鼎沸的倒是热闹。就是拍照的人络绎不绝，时不时地有陌生面孔出现在你的镜头里，如果想独揽一方风景，根本不可能。大家听了，都争着跟对方炫耀着这里的一切，都说如果中途退缩，有可能永远无缘邂逅那片桃林、那对夫妇、还有那头老牛了。

正如人生的道路，本来就是一个沿途欣赏风景的过程。所以，不管做什么，去哪里，千万不要为急着赶往目的地，而忽略途中的风景。更不要遇到困难中途退却，不管是风景秀丽的名胜景区，还是默默无闻的乡间田野，都值得你去走一走看一看，说不定就会有意想不到的收获。

四月的风，柔中带暖。它总是深情款款地来，然后裹着桃花的香，洋洋洒洒地去，一趟趟往返流连。你别以为它是贪婪之徒，它只是想收集更多的馨香与浪漫，去洒遍整个春天。

梨花牵动的乡情

都说夏津梨园的梨花开的早开得大开得热闹。每到春天，梨花盛开的时候，总会听到人们互问“你去看梨花了吗”？去看过的人津津乐道，没去的人也一脸的向往。一时之间，竟然形成一种诱惑，就好像不去看梨花会让人后悔一辈子。

那天的温度有些高，风有些暖，带着玩心也怀着好奇与几个朋友驱车前往。往年春天回黄转绿的时候，迎春与杏花刚刚凋谢，桃花与梨花就接踵而来。今年由于春寒时间长点，桃花还在待苞中迟迟不肯绽放。只有路两边的油菜花灿烂着笑靥，在春风里悠悠地向我们招手。梨花是否真的开了？一路上在担心……

梨园位于黄河故道森林公园之内。可能是那里地势低又是肥厚的沙质土壤，地温回升快的缘故吧，一踏进梨园，我就被一树树雪海琼涛所吸引，梨花真的开了，一幅梨园春色的画面展现在我面前。

那似雪的梨花不化妆不施粉，不轻佻不张扬。“最似孀闺少年妇，白妆素袖碧纱裙”，她洁而不妖美得淡定从容。不免让人想到“梨花一枝春带雨”的杨贵妃，其天生丽质不是胭脂俗粉所能描画与涂抹的。

远观，那似雪的梨花与碧空蓝天相辉映，古铜色的主干俨然一道骨仙翁，那素衣飘飘的超然气派，让人如临仙境。近看，阳光直射在上面，每一朵花都有自己的影子，让人越看越入神，“千朵万朵压枝低”中，每朵花都争着诉说自己内心的喜悦。

花开不寂寞，花香引得蜂蝶来。我仿佛听见梨花潮水般涌动的声音，不知道是花下游人的笑语欢声，还是蜜蜂的嗡嗡声，或者是鸟雀的喳喳声。总之，所有这些声音都在为春天、为涌动的春潮，增添着风采。有风袭来，每一缕清香都随微风幽幽地穿肺入腹，仿佛让人永远记住它的味道。

不远处，一位老人坐着马扎在树下悠闲地吸着旱烟袋。我走近与他攀谈起来。“你们来得正是时候。来得早了，花还没有开好。晚了，花已经开败了。”老人接着说“这里的梨树品种不少呢，有鸭梨、面梨、酸梨、雪花梨等二十多个品种。鸭梨果肉细腻，成熟早，品质又好，长的形状又好看，很受人喜欢。”

小时候听大人说，沙土地里水果甜，我纳闷。“沙土地透气性好吸水性强，沙土升温快，有利于春季植物的生长。天气干旱时候，发达的根系能深扎吸收到地下水分。雨水勤的时候，沙土的透气、渗水能力很好，不至于造成涝灾。再加上光照充足，梨花开的大而灿烂，结出的梨个头大，含糖量就高，汁浓又甜，咬一口满口留香呢……”老人说得津津有味，我听得口水直流。

那天，观花的人特别多。有人走累了，挑选树冠大而且花朵繁荣的树下小憩。有拍照的，端着相机跑来跑去，不断地调换着角度。不知道是怕人遮住花，还是怕花挡住人。最后，终于选好了角度调准了镜头，将美丽定格。

我看看这棵又依依不舍地移向那棵，花影婆娑人头攒动中，总有靓丽女子出现在我的视线内，让我分不清是人面还是花容。走累了顺势倚在树干上，轻轻拉过一枝，可能是这老树繁花融入了我年少时候的情感与岁月的影子吧，我仿佛嗅出了童年的味道，甚至家乡的味道。

往事似风景在眼前划过，又仿佛在瞬间定格然后又重复着画面上演。我家住宅西边有一个闲置的园子，听母亲说，那是姥爷老哥儿三个分家时候分给姥爷的。园子里除了榆树、杨树还有一棵老梨树，每年春天梨花开的时候，我总是喜欢让哥哥摘梨花给我戴在头上，然后对着镜子臭美一番。母亲看见了说：“一朵花就是一颗梨，你摘一朵花，秋后就少吃一颗梨。记住啊，别摘了。”

等到果子长到鸡蛋大的时候，姥爷就会在树下支个小床看园子。每到吃饭时候，母亲总是撵着哥哥带我去接替姥爷回家吃饭。哥哥让我自己在树下玩，他则拿着弹弓射麻雀玩。在那个经济匮乏的年代，市场上很难见到水果，那棵梨树也成了我们解馋的唯一来源与希望。

每年，一到梨树开始挂果的时候，总有调皮的男孩子偷偷溜进园子爬树偷摘，尽管生涩不能吃，但还是禁不住那种诱惑。等梨子快熟的时候，哥哥的人缘就特别好，总有三五成群的大男孩子来找哥哥玩，而哥哥也总是很豪爽地爬上树摘梨给他们吃。看着他们吃的香甜，哥哥总是憨笑着，然后很大方地说："尽管吃，咱家树上有的是。"回到家我偷偷告诉了母亲，哥哥就免不了挨母亲一顿数落。等到下次再去看园子，哥哥就不愿意再带我去了。

中秋节也是梨子成熟该采摘的时候。母亲笑着说："今年树上少结了不少梨呢！"一边说一边用眼睛斜睨着哥哥。晚上，是家家户户吃中秋团圆饭的时候，母亲也总是将月饼与梨分成好几份，在饭前让我们分别给邻居家送去。像是礼尚往来，又好像是那个年代梨在农村是个稀罕东西，虽然不多，能让大伙都尝尝新鲜也是母亲的心愿。平时关系走的近些、孩子又多一些的家，数量相对多一点。我与哥哥也总是抢着挑选多一点的那份给人家送去，好像提着厚重的礼品感觉很有面子。

时光荏苒，老家的园子早已卖给别人家做了宅基地。那棵老梨树还健在，枝干仍旧苍劲，春天依然老树繁花，秋后依然硕果累累，只是物是人非主人易。每次回老家，我总是不由自主地走向那家，站在院子外面久久不愿离去。像是去寻找自己年少时候的影子，又好像是看望一位多年不见的老朋友。

如今，面对这一树树繁花，我仿佛嗅到了久远的那种梨香！

五月槐花香

五月，正是槐花飘香的时候。清晨，打开窗子，一股幽香袭来，不由得放下手中的活计，伫立窗前，深呼吸一口，慢慢地浅尝细品，淡淡的清香中又有丝丝甜蜜。望着那半树白花半树碧，不由我思绪缭绕，白居易的“槐花满院气，松子落阶声”便有了更深的雅韵。

槐香飘在春的花园里。春天，当花影弄枝、花事正浓的时候，唯有那串串似玉如雪的槐花守候着自己那独有的清纯，让久居都市的人无限向往又无法企及。清香是它的本色，淡雅是它的内涵。可能槐花知道自己的平凡与率真吧，它从不去膨胀自己的欲望，更不与百花去争春，耐住寂寞的同时也守住了自信。它不因为岁月的流逝而变得粗俗，更不因世俗的污染而失去本真，在经历了夏之火热、秋之风霜、冬之严寒后蓄势待发，但等那忽如一夜的春风，那蕴涵已久的情怀便轻轻开启，悄然无声地绽放着自己的美丽。

槐香飘在青春的花园里。高二的时候，也是槐花飘香的时候，新来的化学老师才十九岁，不凡的谈吐与满腹的才华成了男女同学心中的偶像。十七八岁是充满幻想的年龄，是青春萌动的季节。女生暗自憧憬着未来的白马王子一定像老师的样子，男生都幻想自己长大后也像老师那样英俊潇洒，讲课时意气风发、神采飞扬。

时间过的飞快，从少年的懵懂到今天，仿佛就那么几个春秋。二十几年后，再遇老师，除了头上多了几丝白发，风采依然不减当年。一时不胜欷歔，见面不知不觉地像当年做学生那样，恭恭敬敬地道一声“老师您好”，多少感慨与尊敬包含在里面。

说话期间，我们问老师，当年面对与自己一般大的众多学生，您胆怯过吗？老师说：“开始也胆怯过，但是，既然做了老师，就得拿出为人师表的样子。不管年龄大小，在学生面前就得拿自己当大人，就得把“为人师表”当成心中最重要的位置，用心用情去珍惜这个位置。当你把自己定在这个位置上时，对学生就能多一分大度与忍耐，就会多一分永不熄灭的希望。”

其实，生活中，每个人都有自己的位置，就像每颗星星都有自己的星座一样。珍惜做家长的位置，对孩子就会多一分关心与热爱；珍惜做妻子的位置，就会对丈夫多一分大度与关怀；珍惜做子女的位置，就会对父母多一分真情与孝心。

槐香飘在精神的花园里。“爱好”是生活赐予每个人的芳香，一个什么爱好也没有的人生是枯燥乏味的人生。闲暇之余，喜欢看书喜欢听音乐，最喜欢名人名作，也喜欢他们的生活习惯：爱书，品茶，饮点小酒。尽管知道自己有限的水平想做文人根本不够资格，甚至连边也沾不上，但总幻想有一天自己也写出让人能“品”的文章。正如品一杯香茗，淡淡的苦后是丝丝的甜留在唇齿间；看一本好书，灵性中充盈着人生的内涵；听一首音乐，高山流水，地阔天蓝。饮一杯陈年佳酿，醉一世一生。

明明知道这是痴人说梦，但也憧憬这好梦有圆的一天。

向阳花

不管是生长在乡村庭院，还是公园路旁。如果有一天你感到疲倦，那么，请不要难过，更不要忧伤。让我告诉你，成长的过程有曲折才有意义。你要学会面对，战胜忧伤。独立没有那么难也没有那么多坎坷，只要心路坦荡，面朝阳光。被蒙蔽不可怕，可怕的是你还对着乌云，痴心专注，为它发狂！要昂起你的头，挺起你的脊梁，迎着磨难，迎着风雨坚强地开放！

如果有一天，你感到无望，请不要埋怨，不要惊慌。独守那片心田，打开窗子，放进太阳。让脚下的野草为你护驾，让飞翔的小鸟为你疗伤，只因敞开的篱笆里爬进数不尽的异类，正撕扯你的皮肉，要蛀蚀你的心房。成长的过程危机四伏，你要经得住考验，让自己盘大、子实、腰杆壮，任凭雨暴风狂。

如果有一天你成熟了，想歌唱。请不要跋扈，更不要嚣张，不要以为低垂着头是负罪，是窝囊，那是岁月的沉淀，是素质与修养。请记住：修行没有想象的那么难，只要你心境淡定，放眼远方，才能应对人为伤害，避免虫咬雀伤。快乐是你的专利，馨香是你的内涵，向阳是你的追求，健康是你的思想。

向阳花，心永远向着太阳。

绒花簇簇满庭芬

又是芙蓉花开的季节，满大街的芙蓉树上浮动着一片红云。微风轻拂，幽香扑鼻，让人陶醉。

芙蓉树又叫绒花树。芙蓉树树冠如伞，红花成簇，秀美精致。说起花的形状，人们一般想到姹紫嫣红的叶片，娇艳欲滴的花瓣，从没有想到花的形状有丝线型的，芙蓉花就是，花瓣是根根丝线，颜色是上红下白，让人很难找出分界线在哪里，纤细的花丝合拢一起像小刷子，长出独特，开出自己的与众不同。不是吗？花太红未免太俗，太白又太素，微风拂过，那一簇簇花朵又如彩色羽扇。

我不知道怎样该用什么词汇去形容去赞美它的香气，我只是疑惑，这么小的花儿竟然蕴藏酿造出这么淳厚的香气。最可爱的是它层层叠叠开花的顺序，繁复中诠释着单纯，不知道是为谁守身如玉。最有意思的是它的叶片，每当太阳落山后，它狭长的叶片像含羞草的叶子会自动合拢，含蓄而内敛，娇羞中透出万般柔情。

总想去古人的情怀里寻找它的踪影，或去古人的笔端效仿赞美它的诗句，可搜肠刮肚也找不出几篇，可能就是因为它的含蓄与特立独行吧，没有人专门为其著书立传。我叹息着它的怀才不遇，同时也赞美着它不平凡的经历。

它怀有一颗平常之心，她不像桃花大胆狂傲地笑谈春天，也不像荷花把动人的笑靥展现在夏天。她穿越了千百年的风风雨雨，在尘世的喧嚣中不骄不躁，仙女下凡似的在鲁西北的大地上兀自开放着，芳香在白天、傍晚。

又到芙蓉花开的季节，那熟悉的花香以及柔柔的花影，让儿时的记忆又被牵动起来。

院子里那棵高大的芙蓉树成了我们遮阳纳凉的大伞。白天在树下吃饭，傍晚躺在秫秸扎成的席子上纳凉，嗅着芙蓉花香，在爷爷那老掉牙的冗长故事中进入梦境。夜深露水下来的时候，又被爷爷一个个抱进屋里。

这个时候我往往是醒着的，可是故意装睡不愿意睁开眼睛，喜欢在姥爷臂弯里找摇篮里的感觉。有时候被姥爷发现醒着，姥爷会嗔怪地说；你这丫头，故意累我啊？赶快帮我把弟弟妹妹带进屋子里睡去，免得被露水打着生病。这时，我就像个小大人喊这个叫那个，弟弟妹妹们揉着睡眼惺忪的眼睛不情愿地爬起来跟我进屋……

岁月的潮水退了涨，涨了退，却总也涤不去儿时的记忆。昔日的芙蓉树早已不见了踪影，仿佛多年的朋友不知了去向。就像爱过一个人，这些年即使不联系，也依然会记得他（她）一样。老家院子里的芙蓉花成了我心爱的珍藏。尘世间的繁花似锦没能迷惑我的灵魂、模糊我的视线，这藏来藏去的记忆反而随着时光的延伸增加了长度与厚度。

匆匆韶华，是谁唤醒的记忆，缱绻了双眼？抬头又见一树初绽花蕾，就像失踪多年的同学与朋友，突然有一天出现在你面前，那份惊喜与感叹，充满神秘充满召唤，召唤我找回当年的感觉找回曾经的热情不减，欣喜若狂地奔向几十年来还不熄灭的初恋。竟然又像当年，摘下刚刚绽放的一朵夹在日记本中，把纯洁封存，让美丽定格，把馨香留住。

一阵风吹过，飘来阵阵清香，不扑鼻，若有若无的那种，眼前一亮，似有琴声飘过心房，那份轻柔优雅流淌着曾经的怀念。弯腰拾起随风飘落的芙蓉花，不由想起张爱玲的文章，她说她最怕看茶花的凋谢，

“不问青红皂白没有任何预兆，在猝不及防间，整朵整朵任性地不负责任地咕噜噜地滚下来，真让人心惊肉跳啊 ”。每每读到这篇文字，我就想起在老家院子里的芙蓉树下，我目睹过花开花谢的过程，现在，又该怎样面对这一树新的凋谢？坦然从容吧。花开花谢是自然规律，毕竟它们盛开过，美丽过，芳香过。

一树粉红柔柔地开在夏天的傍晚，一树花儿就这样完美着一个又一个的童话，在年复一年中延续着芳香。多想这份怀念从童年到老年，这份珍藏从初恋到永远啊！

第二辑

片片红叶醉秋心

菊　颂

金秋十月正是菊花开放的时候。菊作为花中四君子之一，也是中国传统名花。它不仅清丽淡雅、芳香袭人，而且具有傲霜斗雪的性格。它不与群芳争列，甘艳于百花凋后。菊作为傲霜之花，历来一直为诗人所偏爱着。

菊，花之隐逸者。菊花的淡泊、超然、孤傲，使它很自然成为隐士身份的象征。诗人陶渊明以爱菊出名，他赏菊饮酒，给后世留下不少佳句“采菊东篱下，悠然见南山” 表达诗人追求“静穆”“淡远”的理想境界。元稹的“秋丛绕舍似陶家，遍绕篱边日渐斜。不是花中偏爱菊，此花开尽更无花”表达诗人对菊的情有独钟，以及对菊花历尽风霜而后凋的坚贞品格的赞美。

菊花，不像牡丹那样富丽，也没有兰花那样名贵，她从陶渊明的篱笆墙里一路走来，在经历世代变迁后，依然保留着那种与世无争独自清淡的风格。有人赞美它坚强的品格，有人欣赏它高洁的气质，而元稹的那首咏菊诗，则别出新意地道出了他爱菊的原因。爱她的清秀与神韵，更爱她凌霜盛开西风不落的一身傲骨。

菊原本与草没有什么两样，只有夏尽秋来，百花开后，菊花才异军突起，吐露着自己的芬芳。寒冷捆绑不住她的思想，风霜封不住她的心扉，她有自己的目标与方向，在萧瑟中，永远灿烂成秋天的一道风景。

菊从不刻意去装扮自己，要黄就黄成金灿灿，紫就紫的热火朝天，正如晚秋正午的金阳与经霜的枫叶。难怪那个爱菊尤甚的田园诗人，宁愿放弃名利官位，而甘愿隐居山野。在抬头看云怡情，低头赏菊慰意中，让心灵得到安宁与和谐。

那种在劳动之余，饮酒微醉之后，在落日余晖下，在山岚的笼罩中，采菊东篱，遥望南山的怡然自得与优美淡远，不是谁都能体会到的。试想，一个人如果没有淡泊的心态，是不会放弃朝廷俸禄与官位和尊严，去归隐耕种吟诗乡野，过着清贫而又精神富有的生活的。

菊生生存从不选择地方，或者房前屋后，或者菜畦田垄还有贫瘠的路边，只是为了让生命体验几种生存方式，她们自甘淡泊、安贫乐道。生长在山里，菊就读山读水；生在田间，菊就读清风与明月；而生长在寺院，菊就读禅了。

不免想起庆云金山寺的菊花，在院子的一隅独自灿烂着。可能金山寺是肃穆的佛教圣地吧，一走进，顿感神清气爽，悠远绵长的钟声直渗入人的心里。在余音袅袅里，让人只想落泪。初次踏进这肃穆吉祥之地，初次听着这天籁之音，那颗浮躁不安的心顿时得到安抚，又像儿时迷路听母亲呼唤时的那种欣喜与激动。

那天的阳光格外明媚，天空蓝得像水洗过，诗人李庄不免感慨“看这里的云真白啊”！可不是吗，那团团洁白的云像棉絮悬浮在蓝天下，总让人产生要跳起来抓一把的欲望。我在想，这里的天这里的一切可能都被禅韵梵音洗礼过，不然一切怎么都那么和谐自然呢。蓝天白云，菊花金灿灿，僧人香客见面祈福道安，一幅宁静祥和的画卷铺展在眼前。

陶醉之余，满院子的大豆与玉米让人疑惑，朋友说这是寺院里的出家人自耕自种的。她说最让人起敬的是，每到麦收季节，这些出家人就去捡拾农田里收割后遗落的小麦，一季下来能捡四万多斤呢。他们过着“昼而农、夜而禅”自耕自食的农禅生活，“一日不作，一日不食”。在他们眼里，浪费就是造孽业，在劳作中修行已成为僧人们奉行不渝的信念。喜欢那句“心淡如菊”，僧人们那种与世无争的淡泊心态不正像菊花吗？

阳光下，那一丛丛茂盛又耀眼的菊花此时开得正浓。还未等走近，早就有一股淡淡的香气渗入我的肺腑了！

故乡的原风景

位于黄河故道的夏津素有水果之乡之称。可能这里地处森林公园，环境自然，生态也平衡；也可能这里的沙质土壤长出的水果含糖量高，味美甘甜吧。总之，这里的水果，比起其他地方的味道也不知道鲜美几倍。

美好的东西总是带着一种诱惑，不管什么水果，每到成熟的季节，总会有四面八方的游客与参观者慕名而来。

麦收的时候也正是桑葚成熟的时候，成熟的桑葚很甜。

小时候，每到麦收季节，农村的孩子们最喜欢跟着家长去打麦场上玩，不是为了帮家长忙活，主要等待那一声声甜甜地吆喝“甜葚子来买了”，就不管大人们是否忙得汗流浃背，也不问家长是否兜里有钱，都纷纷跑到自己的家长跟前要钱买桑葚吃。可能都琢磨透家长的心理吧，反正是当着外人的面，就算不想给买也不好意思拒绝，多少都能给买点解解馋。有钱买到桑葚的孩子一脸的满足，没钱买桑葚的孩子眼巴巴地盯着其他孩子甜甜地吃。遇到这种情况，吃桑葚的孩子总会被家长提醒道：“别光顾自己吃，让大家都尝尝。”吃桑葚的孩子开始表现得很不情愿，磨蹭半天好像是鼓起很大的勇气说：“来，咱们一起吃”。在家长赞许的目光里，在小朋友满怀感激的眼神里，一份快乐与甜蜜随之衍生了数份，大家共同分享。

又是桑葚成熟的时候。一个周末，应约去夏津参加了桑葚采摘节。

刚踏进采摘园，我就被一种诱惑包围了，灿烂瞬间洗净了我的心田。成熟的桑葚把树枝压弯，轻摇即落，触手可及，轻啖一颗蜜一样甜。那白色的桑葚晶莹剔透，似甘露欲滴，又似颗颗珍珠悬挂在碧叶间。紫色的桑葚油光玉润，似颗颗玛瑙光鲜璀璨。在清风和阳光里，在葚果飘香里，采收桑葚的人们，将树下打扫得干干净净，铺上一大布单，然后，用杆子轻掸树枝，颗颗葚果便雨点般坠落。也有三人一组采收桑葚的，其中两个人在树下，一边一个架撑着白布单子接桑葚，另一个爬到树上的人喊一声“准备好了吗？我可开始了晃树了”，树下的两人齐声应道：“准备好了。”随即，那劈头盖脸的桑葚纷纷降落，那阵势招揽着游人驻足观望。

桑葚不容易存放，采摘下来的桑葚过夜就容易变质，大家杞人忧天地担心一旦卖不出去不烂掉吗？这样，果农的汗水岂不是白流了？一位正在采收桑葚的果农说：“不愁，你看看路边那些大车小辆的，都是酒厂来收购桑葚的。这些年来，人们开始开始注重饮食文化，也开始注重起桑葚的研究。都知道，桑葚能补肝益肾，滋阴养血，乌发，清肝明目，提高人体免疫力，延缓衰老等诸多功能。什么桑葚酒，桑葚干，桑葚饮料、桑葚醋、桑葚糕点等诸多产品对桑葚的需求很多，都供不应求呢。”他还说，这里是沙质土壤，成熟的桑葚含糖量高，子实饱满油润。所以，酿制出来的酒味道就纯正，喝着放心呢。再加上这些年又风调雨顺的，桑葚收成也好。如今，这些桑葚树棵棵都成了摇钱树了。他如数家珍。

没来夏津之前，在市场上也买过几次桑葚，怎么吃也吃不出当年的味道。那天在桑甚园，难却果农的盛情，吃着甜甜的桑葚，竟吃出一种久违的味道，那就是童年的味道。

这是一片让心灵栖息的地方。抬头看，蓝天莹莹、碧水清清。在阵阵幽香扑鼻里，色泽光润的果实令人垂涎。桑树的果实是藏在繁叶间的，它透着一种羞涩，显得那么腼腆，那么低眉顺眼，就像含羞、娇滴的女子，那么可人心意，又诱惑着人们的双眼。

在这里，上百年的桑树随处可见，苍枝铁骨饱经着苍苍，伟岸中又不失谦逊。硕大的树冠撑荫漾绿，像一把把遮阳大伞，茂密的枝叶碧影婆娑。随便哪棵树下都可以让你乘凉，如果来兴致了还可以摆上棋盘对弈一番。这些桑树历经着风霜雨雪、闪电雷鸣、在斗转星移里，轮回往复着。不然“比喻经历了许多世事变化”怎么叫“历经沧桑”呢。

置身在这明净的天地间，品着甜甜的果实，听着婉转的鸟鸣，静享着那份自由自在。看着身边棵棵百年古桑在萌生着新绿，竟让人有返璞归真的感觉，也仿佛从波澜不惊中读懂了一份恬淡与率真。刹那间，我的生命仿佛也变得葱茏与年少起来，顿时有种清凉似颗颗清露在心头款款滴落，我仿佛嗅到天地间最诱人的童年气息，启发着我去追寻找那份隶属于自己的绚烂。

陶醉中，一股优雅的轻音乐悠扬入耳，我听出是《故乡的原风景》，在汉语中，“桑梓”一词经常被人们用来代称“故乡”。所以，在古代，人们喜欢在住宅周围栽植桑树和梓树，后来人们就用物代处所，用“桑梓”代称家乡”。我知道，这是夏津人在透过清新悠扬的音乐，向人们表露自己对家乡的热爱，倾诉自己对家乡、对这片土地的无限眷恋与深爱之情。因为这片土地上有他们勤劳的汗水，所以这里的土地肥沃，绿树参天，环境自然；也因为在这片土地上深深根植着他们淳朴善良的仁爱之心，所以，这里的生态平衡，人与自然更和谐。

品着夏津甜甜的桑葚，如同分享着夏津人丰收后的喜悦，又如同品着一种炽热的感情与品德，叫人愿意一生守候，不离不弃。

秋深晨景浓

一场又一场的雨将季节带进深秋，稠密的燕声不知啥时候被雨水洗净，取而代之的是空旷的天际隐约传来的雁鸣。秋天的长空，如铅华洗尽女子的脸，真实而宁静。白云似絮在空中悬浮着，一缕风就能将其带走。秋高气爽，云淡风轻，最美不过清秋晨景。

不冷不热的季节，最适合室外活动。好久没来锦绣川散步了，锦绣川的景色也在季节的交替中变换着模样，清澈湛蓝的天空映衬着似锦的深秋；澄清明净的河水，像是午后小憩的少妇，呼吸均匀，光洁而平滑的脸上不带一丝皱褶，微风拂过，泛起微微笑意，让这个清秋多了一份款款柔情。

深秋的岸边坐满垂钓的人，围观者大多是那些散步到此驻足的人，他们似乎比钓鱼的人还要专注，只要鱼浮稍动就迫不及待大喊："快、快、快，上钩了"，任凭怎么喊，垂钓者纹丝不动，依然在聚精会神等待，直到渔竿被上钩的鱼拉动，才不慌不忙地慢慢收线，只是鱼太大，双方反复拉扯，最终还是被鱼挣断线逃之夭夭，在一群人的惋惜中，垂钓的人只是笑笑，好像这些惋惜声跟自己无关，系好鱼线重新放入水中等待。也有的将上钩的鱼钓上来后又重新放回河里，喜滋滋看它们游走，然后又垂下鱼饵继续等待，在人们不解与疑惑中就这样来回反复着。对围观者来说，这些钓鱼的人神经不正常；而对垂钓者来说，钓到钓不到鱼事小，喜欢就乐此不疲，提一次竿，可能就有一份惊喜收获。

都说钓鱼能修身养性，他们可以半天也不会动一动地方，就算一条鱼也钓不到也不会影响他们的好心情。不管是否真的能修身养性，至少在这秋高气爽的早晨，能够在大自然中沐浴着第一缕阳光，享受着第一缕新鲜的空气，感受人与自然的和谐就是对自己的修养。

锦绣川水泽丰沛，两岸的树木饱受滋润也根深蒂固枝繁叶茂着。尽管已是深秋，林木依然葱茏，依然挡不住它遒劲有力的强势。看那昂扬向上的枝子孤傲地望着蓝天，仿佛要去抓住过往的白云，留住一段美景。如果不是渐凉的秋风与天空隐约传来的雁鸣，让人很难觉出季节已经在交替。

美好的环境总是富有吸引力，来此散步的人每天都像在赶集，络绎不绝。桥下的水边舞池，一队队舞伴随着音乐在翩翩起舞，舞姿优雅，裙袂飘飘，柔曼的身影像摇曳的花，又像流动的云，旋转着，陶醉着，也给这个深秋的早晨增添一道亮丽的风景。

片片红叶醉秋心

“秋风萧瑟天气凉，草木摇落露为霜”每年霜降前后正是枫叶红的季节。早就听说济南红叶谷的红叶红的热烈、红的壮观、红的奔放，总想去一直也抽不出时间。

多年来，一到秋季，一种沉淀心底多年的红叶情结就会随着时光重新浮起，就像记住一个名字，珍存一个笑貌，虽然隔着岁月的长河，一切都已模糊不清，但总在某个特殊的环境，某个特定的日子心就突然战栗一阵，那是一种微微的惆怅。

近几年，在市郊区路旁也出现不少枫树，每到霜降后也是一身火红，在众多树木中耀眼夺目。一行行一排排，高矮一样，粗细一般，像是机器批量生产的一样，春天没看见枫树的幼苗成长，秋天突然就参天了，那婷秀与妩媚与自然界中原生态红叶比起来有过之而无不及，但总觉得缺乏一种天生丽质之美。

一个周末，与家人一起来到了位于济南南部山区的红叶谷。因进红叶谷的路是盘山路，爱人建议自己开车上山，我无异议，乐得他开车，我可以专心观景，山体内侧山体上垂直而下的藤蔓火红耀眼，听说这叫野葡萄藤，红叶谷的红叶中就是由葛藤、野葡萄藤、还有红叶树组成。车顺着山路缓缓盘旋而上，葡萄藤从山顶一泄而下，像一面红帷幕挂在石壁上，让人充满暖意与安全感。

登上观景台，红叶谷的红叶真像传说中的那样，说它波澜壮阔一点不夸张，漫山遍野，层林染尽，并且从谷底随着山势起伏波动，远远望去，像一条身披彩色绸缎的巨龙匍匐在山背上。尤其是在阳光照射下，满坡的红叶又像火龙身上的鳞片莹莹闪着红光；那气势真有些恢宏，有些让人心震撼。

以前总以为红叶就是霜后枫树的叶子，原来这红叶谷的红叶树是一种叫黄栌的树，关于黄栌在红叶谷还有一个传说。明朝时有一位姓朱的人在京城做官，此人为官清廉，刚直不阿，人称“朱阁老”。后来，“朱阁老”遭奸臣暗算，被官兵追杀，躲进了济南南部山区的兴教寺避难。官兵追来后，当地老百姓为了救“朱阁老”，便把他藏身的兴教寺改为“朱老庵”，因为“庵”是尼姑修行的地方，官兵追到这里见是一座尼姑庵，便放弃了搜查，这一“庵”字便救了“朱阁老”。

“朱阁老”自此便在此驻留，出于对当地百姓们的感激，“朱阁老”便在这周围山坡上栽种了黄栌。因为黄栌功能很多，木材可做成家具或者染料，枝叶可以入药，能消炎、解热，因此深受当地百姓喜爱，逐渐地，黄栌成了百姓生活中必不可少的一部分。

红叶谷最高的建筑物当属万叶塔，万叶塔是近年新建的观景塔，高三十余米，八角七层楼阁式，采用钢筋水泥建成，仿古挑檐，塔顶置石制宝珠相轮塔刹，塔内有梯，登临塔顶可俯览整个红叶谷景区。登上万叶塔，不但能一睹佛祖舍利，还能听僧人讲解佛教文化，最有趣的是在塔顶极目远眺，满山绚丽多姿的红叶像极了一幅油画。画中的小路，游人，牌坊，寺庙也在斑斓色彩里占据着最佳位置，呈现出最美轮廓。居高声自远，对着画里的人与群山喊一声，回应的是飒飒风声与耳边回旋的落叶声。

境由心生，心随境变。置身红叶谷，漫步红叶林，头上叶赤如火，脚下草软如毡，心境就充满诗情画意，“停车坐爱枫林晚，霜叶红于二月花”，可见，红叶的美从古代就被人发现并写绝了。空中的雁鸣与斑斓飞舞的落叶又让人难免受到感染，“碧云天，黄花地，西风紧。北雁南飞。晓来谁染霜林醉？总是离人泪。”

我不知道古人怀着怎样的心情写出这催人泪下的诗句的。随风飘零的秋叶，是离别的泪染成？还是难舍的情化作？执手泪眼，心醉缠绵。诗中的男女这一别注定是一场悲剧，男人一去春风得意终未归，女子在一咏三叹里，等的花儿开了谢，草儿绿了又黄，这一等就是一生，到头来免不了春梦一场。只等的红颜褪尽人珠黄，最后终老西厢还沉浸在美梦里不醒来。

吟咏着古人的诗句，想象着古代男女的送别场面，竟为他们单纯而执着的情意感动了半天。从古到今，人活一世，都离不开一个情字，不管怎样的情，只要与之有了牵扯，就有了千丝万缕的思念与牵挂，让你剪不断，理还乱。那年复一年的等待，那魂不守舍的坐卧不安，总在焦急等待中把眼望穿。哪怕是短暂的相聚，也会倾情绽放最美的瞬间。正如这满山的红叶，明知道自己红颜将尽时日不长，但还是攒足劲、蕴足了情将自己的华美倾情绽放于秋天，然后回归成应有的静美。

一阵风吹过，眼前飘过几枚落叶，像飞舞的彩蝶，又像颗颗红透的心。我接住一枚落叶，不由感慨万千，想想自己也已是人到中年，也经过了人生的风霜雨雪，淡去了自傲与张狂，沉淀了从容与自信，纵然不再如夏花般灿烂，也要像红叶一样绽放自己最美的华彩。

一言一行总关情

春雨纤细，清新可人。细雨蒙蒙里，伞下的两人踏着湿润的小路，尽享着两个人的空间。小雨淋湿了街道，淋湿了花草，唯独淋不湿伞下的微笑。早春乍暖还寒，女人冷不丁一个寒战，男人脱下外罩披在女人的肩上，男人说，以后的日子里，每当有风雨袭来时，我愿意做你头顶的那把伞。因为他知道，爱需要用心去呵护，不能轻易让她淋雨。再看伞下的女人，洋溢着一脸的幸福。

那个夏日，出差一周回来的男人刚进家门，女人对男人说给他买了最喜欢吃的甜杏，说完，忙不迭地打开厨子，一看杏竟然烂了一半。女人说这种水果季节性很强，我怕等你回来就买不到了，所以，就提前买了放起来了。男人说，你也喜欢吃，为何不吃啊，吃了不心疼，烂了心疼呢。她说她是很想吃，可是不舍得，每次拿起又放下，想到他回来惊喜的样子，便打消了要吃的念头，干脆将其包好都放进厨子，没想到……唉！男人幸福地笑着，边吃边说："幸福的果子，真甜。"

秋阳如姝，娇而不艳。一个周末，男人对女人说："我带你去开发区'旅游'一圈吧？平时工作忙也没空带你出去走走。""好啊，"女人问，"怎么去啊？"男人说："当然开车啊！""不行，最近我总晕车。""那坐公交？""现在是太阳城大会期间，公交太挤""那？……""还是骑车你带着我去吧，低碳生活，健身又环保"，女人最后决定。男人优雅地打一个响指，"好嘞，咱就骑着"宝马"带着老婆逛新城去了。"女人坐在后面，右臂环着男人的腰，头倚在男人的背上眯着双眼，沉醉在幸福里。

冬季一个寒冷的晚上，两个人一起看电视。女人无意中说一句，好久没吃烤地瓜了，真想小时候母亲在柴灶里烤的地瓜啊。男人穿上大衣说，下班时候好像忘记关储藏室的门了，我下楼看看。女人看他一眼说，穿暖和点啊，然后接着看她的电视。不知道过了多久，男人才气喘吁吁地进门，女人说，外面这么冷，锁门锁了一个多小时啊？男人不好意思从鼓鼓囊囊的怀里拿出热气腾腾的烤地瓜说，我去买地瓜了，快，趁热吃吧。女人吃，男人美美地看，问："甜吗？"女人使劲点着头，甜蜜溶化在心里，幸福绽放在脸上。那一晚，窗外冰天雪地，屋内却温暖如春。

其实，幸福与浪漫是人创造的，就看你在生活中怎么去把握去经营了。好多人总是期盼着将来会好的，也总是把幸福与梦想寄托明天，不应该这样。此刻幸福，今天就幸福，明天后天将来就都幸福。所有的幸福与浪漫都是有来由的，它不是毛毛雨从天而降，它是一种慢慢积累的过程。美满的婚姻可以建立起持久密切的关系，在这种密切中就能创造出许多浪漫，产生许多快乐。谁说浪漫离不开美酒咖啡美女香车？粗茶淡饭，素面粗衫更朴实更超然。一首歌唱得好"背靠背坐在地毯上，听听音乐，聊聊愿望，你希望我越来越温柔，我希望你放我在心上。我能想到最浪漫的事，就是和你一起慢慢变老，直到我们老的哪儿也去不了，你还依然把我当成手心里的宝……"

爱在春天绽放

郁郁葱葱的大地，沁人心脾的花香，淅淅沥沥的小雨，悠然漫步的人们。春风蘸着春雨泼墨挥毫，一幅春的画卷展现在面前。

爱在春天绽放。桃红柳绿，莺飞草长。悠闲的垂钓者把希望系在钓竿上，然后慢慢轻扬，甩出一个漂亮的弧形，心情也随之根植在这悠悠春水中。尽管每天鱼篓空空，却装回满篓子的快乐与家人分享。但等那“接天莲叶无穷碧”的一池莲开，去聆听欧阳修的“柳外轻雷池上雨，雨声滴碎荷声”。有风从远处吹来，丝绸般轻拂面颊，漂来杏花酒的醇香，沿着古人的足迹寻觅过去，杯杯浪漫在笔端流淌。“春来遍是桃花水，不辨仙源何处寻”，那宁静和平的“世外桃源”成为永远的梦想，那人性的至真至淳滋润着一代又一代人的心田。

爱在春天绽放。生活中，总会遇见一些陌生人，他们素不相识，他们来自各行各业，他们自发地为人捐赠，没有人知道他们的姓名乃至单位，他们甚至让人来不及道声“谢谢”就消失在茫茫人海。人性的高贵在他们身上体现，爱在他们善行中传播。犹如春天的小雨，在“随风潜入夜，润物细无声”中滋润干涸的大地，洗去绝望与焦躁，抚平龟裂的伤痕，为生命注入新鲜血液，让灵魂焕发勃勃生机。

爱在春天绽放，真情是永远的太阳。去看望一个残疾朋友，他没有健康的身体，没有英俊的模样，虚弱的外表里面，有一颗坚韧不拔的心。他虽然病魔缠身，但是，他那乐观向上的性格让我感动。他说：“我活在世上，没有给社会做什么贡献，但也不愿意给社会添麻烦。虽然没有昂贵的手术费治疗我的病，但与其他残疾人相比较，我还有健康的四肢， 还能够自由地呼吸空气，还能享受蓝天与阳光。只要活着，就体现存在的价值。更何况，我还有深爱自己的妻子，关爱自己的朋友，这些都是我品味不尽的幸福”！ 是啊，他身残志不残，在生活中自理，在生存中自立，在生命的过程中，他自强不息，要将自己的花蕾在痛苦的岁月里尽情绽放。那是忍受痛苦与磨难绽放的美，哪怕只是昙花一现，也要吐露最美的芬芳。他用信心做标尺，在坚强中丈量着自己的希望。他对生活的态度，让无数健康人感动着、震撼着……

爱在春天绽放，美在春天的氤氲中升腾。爱需要胆量，爱更需要阳光。他年轻的妻子不但人长得漂亮，心灵也很美。她没有嫌弃他的丑、他的残、他的病，那穿越世俗的真情闪着人性的光辉，她在接受他的同时也接受了他的无助与病痛。生活中，他们相互搀扶、配合默契，共同打理着他们的店铺，悉心经营着他们的幸福。那份爱怎是一般女子所能付出与体会到的呢？

有爱就有花开

初春的一天，楼下垃圾桶旁，被人丢弃着一盆花，听人说这叫杜鹃花，也叫映山红。映山红？想起小时候看电影《闪闪的红星》潘冬子家乡的山上，满山遍野的映山红，似革命的火焰熊熊燃烧在广大工农的心中。不由我对其怜惜起来，捆绑拥挤的枝条上，叶片已近干枯，但主干还绿着。奇怪的是，几天来，并没有被垃圾车清理走。

春寒料峭，都说那花病恹恹的样子可能没有多少希望了。花也是生命，我没犹豫，就将其抱回家。先将捆绑的绳索解开，将枯枝干叶剪掉，然后施肥浇水，每天精心打理着。

一天，我发现从干硬的根部发出一点小芽，我欣喜若狂，“枯木逢春”了。以后的日子里，我更加悉心照料。晴朗的日子我就将其搬到阳台，让它充分接受阳光的抚慰，没多久，嫩芽依次上升到顶部，一盆的濒临干枯的盆花被我救活并重获新绿，如今已枝繁叶茂。由此我想到爱情，爱也需要精心照料与打理啊。

生活中，有多少恩爱男女，只因在乎太深而变成了蛮横占有，无端的猜疑与审问伤害了亲人的自尊，就是因为对方知道那占有中是“太在乎”作祟，只是方式不对，才不跟自己计较。但不改变自己的作风，反复猜疑与伤害必会导致爱走向寒冬。

小友蕙曾对我诉说自己曾经无心伤害过最爱最亲的人，明明知道自己发自内心地恋着对方，却总是在患得患失中屡屡猜疑，凭空臆想。不但伤了对方的心，自己还排解不开而大病几场。当她看到阳台上，被我救活的那盆花后不由心生感慨，她陷入沉思，然后自言自语道：“人对一盆植物能有宽容、仁爱之心，为何对人却如此刻薄捆绑不放呢？”

“对呀，想当初那盆花，如果不松绑、不施肥、不浇水，恐怕早就死亡了。爱情也是，捆绑得太紧，必定令其委屈窒息无法伸展。只有松开霸道的捆绑，令其舒展自己身心，才能享受生命的繁荣，阳光雨露。”我不失时机地说。

“只有改正自己的缺点，尊重对方，遇事多为对方着想，勤撒爱的暖阳，这份情定会走过寒冬迎来春天的。濒临枯竭的朽木都能被救活，更何况你们的爱早已根植在双方心灵深处，任谁也搬不走、撼不动。我相信，只要用心浇灌，精心梳理，定会再蕴爱的花蕾。有爱就有花开！”

蕙若有所思地点点头，说：姐，我知道该怎么做了！

学做小女人

生活中有些习惯已经成为自然，突然打破这种习惯，自然就有些不适应了。

那天晚上，临睡前洗漱，我像往常一样把三口人洗脚水倒好，牙膏挤好，一一摆在丈夫与孩子脚下，然后习惯地开始给女儿洗脚。丈夫一反常态地拦住我伸向盆里的手说：“这些年，你受累了，从今以后，让孩子自己洗脚吧。还有，以后家里的大小活还是由给我来做吧，以前我不在家没办法，我既然在家就不能让你跑出跑进地忙活。”我不解地看着他：“因为我是男人。在说你也该照顾一下自己了。”我突然觉得不自在起来，坐也不是站也不是。女儿调皮地眨巴眨巴眼睛说：“妈妈，你也该‘退休’了，这些年你又当爸爸又当妈妈地照顾我，爸爸说你该照顾照顾自己了。”看着他们爷俩一边说笑一边自己忙活洗漱……不知道是惊喜还是失落，我有些不知所措了。

这天，我把自己的心事说给母亲听，母亲笑笑说：“那是孩子长大了，他们爷俩也知道心疼你了。”是啊，照顾他们习惯了，一时不让伺候我还有点不适应了。

回忆这些年，自己带着孩子，照顾年迈的公婆，还要工作，吃过的苦受过的累比一般女人要多，承受的压力也比一般女人也大。痛苦过、迷茫过、也埋怨过，可是，作为一个崇尚传统美德的中国妇女，我知道女人的责任与义务：孝敬公婆，关心丈夫，悉心培养教育孩子。母亲是出了名的善良温柔，对父亲百依百顺，对子女的体贴入微，她的一番话深深感染了我。母亲说：“你知道农村那些丈夫不在身边甚至没有公婆父母的人是怎么过来的吗？她们要下地种庄稼还要自己带孩子，并且多重的农活都是自己干，吃了多少苦受了多少累从不挂在嘴边，一年下来她们得到的回报只是你的零头，你忙了有我们帮你带孩子，累了回家有婆婆给你做可口的饭菜，不就是两地分居吗，有什么可抱怨的？”是啊，有时候，总觉得自己经历的艰辛与磨难比别人多，却很少去想，别人付出了更大的艰辛和努力却只得到那么丁点儿回报。

在母亲的言传身教下，这些年我逐渐适应了丈夫不在家的日子，也形成一个独立女人的生活习惯，那就是：习惯一家老小被我照顾得无微不至，也习惯了她们都依赖我听我的，我成了名副其实的说一不二的一家之主，并且什么活都要自己做才放心，别人做的再好也不放心最后还要自己亲自检查，久而久之，也就形成能不求人就尽量不求人。比如家里水管漏水电器出毛病了，自己拿扳子抄钳子的修理。那时候，觉得自己比任何女人都有本事。

这天，一群闺中时候的密友聚会，其中一个说起她的丈夫，说着说着就泪眼婆娑的。她说：“男人就是没良心，你越疼他在乎他，他越不把你当回事。这些年家里大到买房子装修，小到买菜洗衣做饭做家务，我全包了，就算自己累死也不愿意让他帮忙。甚至就连他每天穿什么衣服我都提前给他熨平准备好。我把他当孩子疼，关心照顾他。可他倒好，根本不领情，还埋怨我管得太宽对他照顾得太周到，还竟然说生活在我的阴影下没有自由。”她越说越来劲，“那天对门的小媳妇家水管漏了，来喊他帮忙，我忙说，他什么也不会，我们家大小活都是我来做，还是我帮你吧。可他倒好，斜睨我一眼说，就这点活他能干，说完挽胳膊捋袖子给人家忙前忙后地修好了。后来他还半认真半玩笑地夸人家对门那才叫女人，小鸟依人的柔弱样子叫人怜，哪像你男爷们似的什么活都自己做，呼天吼地的无视他的存在，让他在这个家就像个可有可无的摆设，你们说说，这不是不知道好歹吗？”她连珠炮似的一口气说出这些，然后长长地舒了一口气，如果不是有人打断她的话，不知道她还说出些什么。

不知道为什么，她的经历让我有所触动，好像发生在我身上，一时又想不起细节在哪里，一股淡淡的愁绪在心头缠绕。记得有一次，家里来了客人，电饭煲的开关坏了，丈夫想看看是怎么回事，我忙挡开他伸向电饭煲的手说：“你不懂别乱动，还是我来。”说着自己找螺丝刀将其大卸八块修理起来，等我满头大汗地接好，发现丈夫异样的眼神里有一丝爱恋迅速闪过，随之更多的是失落与无奈在游动。客人走后丈夫对我说："以后不要再固执逞能，这类活让我做是天经地义的，你与我抢什么呢？你让我在这个家找不到自己的位置，我很别扭。"

想起我的同事谭姐，她是那种娇小姐类型，从结婚起就是那种生活上依赖丈夫，遇事依偎在丈夫怀里撒娇的女人。谈论起夫妻相处关系，她充满自信地说："女人生来就是被丈夫宠被丈夫爱，男人最怕身边的女人胜己一筹。女人越有本事，条件越优秀，男人就越恐慌，越手足无措，他的英雄情结也就无处释放了。因为男人最爱面子，最怕在能干的女人面前显出自己的无能。所以，我们家有什么活，就算我自己能做完，我也给他留一点，让他知道我对他的依赖与他在这个家的重要性。"是啊，每当听到她爱人把她当孩子似的叮嘱她这叮嘱她那的电话，我们总是羡慕得不得了。谭姐做女人做到恰到好处，她给了丈夫充分展示自己的空间，她满足丈夫的尊严，满足丈夫的强者自居的心理。所以她幸福，丈夫也娇惯她。

不免想起看到的一则小故事：一个寒冷的早晨，妻子去外地出差，她披上大衣，提着皮包正要出门，这时，十六岁的女儿说："妈妈，你的大衣扣子还没有扣上呢。"妈妈神秘地说："你爸爸会给我系的。"话没说完，丈夫果然从厨房急匆匆跑出来，一边为妻子系扣子一边责怪地说："你就是个孩子，这么冷的天不注意点，会感冒的。"然后才放心地送妻子出门。原来妻子不是忘记系扣子而是故意让丈夫为他做的，她要让他知道他对她是多么的重要。从他们身上我深深体会到一股浓浓的暖意与爱意。

生活中有好多这样的例子，做妻子在爱丈夫的时候，往往把全部家务大包大揽，把对方照顾得无微不至，以至于让丈夫误解自己在这个家有没有他无关紧要。其实，家庭生活中，人人都需要对方认可，适当给对方留点事情做，去满足对方在这个家缺一不可的心理也是不错的。想到这，心事突然就释怀了，心情也随之放松，我仿佛从平凡和温暖里找到做小女人的幸福。

瑞雪情怀

盼望一冬的雪终于在新春来临之际不期而至，尽管姗姗来迟，但还是让人为之振奋。

我信步街上，任由片片晶莹洒落在头上、脸上、衣服上。难得的一场雪，给这单调干燥的季节增添蓬勃浓郁的春意，冬季焦渴抑郁的心情顿时被这飞舞的精灵赶走。虽说人面桃花传唱着古人的浪漫与无奈，杏花春雨写满蓄着一汪情愫的诗篇。但这满树飞花簇拥，疑是梨花怒放的白雪也是一幅多情的画卷。爱美的女孩在一片洁白中留下自己的倩影，白雪映照她绯红的脸颊，多情的小伙子不停地调换角度，用眼神去传递那亘古不变的童话。人面，雪景，爱情，美，瞬间被定格成永恒。

雪是大自然的产物，也是古人抒发感情的寄托。岑参的“忽如一夜春风来，千树万树梨花开”把梨花与白雪的共同点展开想象，又把梨花与春风联系在一起，把一个漫天飞雪的塞北变成春意盎然的江南，实在是妙笔生花。而韩愈的《春雪》“新年都未有芳华，二月初惊见草芽。白雪却嫌春色晚，故穿庭树作飞花”。用纷扬的白雪去装点春色。虽然真正的春色未来，不免令人感到有些遗憾，但这穿树飞花的春雪不也照样给人以春的气息吗？

雪是报春的天使，也是孩子们快乐之源。

从孩提时代就喜欢雪。冬天，农村的孩子没处去玩，只能老实地待在屋子里听大人讲那些老掉牙的故事。一场大雪过后，顿时都来了精神，不约而同倾巢出动。男孩子滚雪球打雪仗。女孩子则堆雪人，她们用玻璃球做眼睛，红萝卜做鼻子，爱美的女孩子还把自己的红丝带解下拴在雪人的脖子上，童趣与快乐在雪人的身上洋溢着。这时准有调皮鬼跑过来，不是把雪人的眼睛挖掉，就是把鼻子拿走，还恶作剧地趁女孩子不注意，把雪塞到对方脖子里。为此，总引起一场你追我赶的打闹。

长大后，喜欢踏雪发出咯吱咯吱的声音，喜欢到野外，对着一片洁白，编织着踏雪寻梅的梦。喜欢唱着“洁白的雪花飞满天，白雪覆盖着我的校园，漫步走在这小路上，留下脚印一串串……”的校园歌曲去上学，用歌声去装扮懵懂的青春。

成年后，喜欢在白雪覆盖的小路上留下串串脚印，仿佛那脚印串联的是我的人生轨迹，时刻提醒我要时常回望与检索。喜欢疑是梨花飞舞的豪放烂漫；喜欢它聚天地之精气的冰清玉洁；喜欢它千树万树纤尘不染的魂魄。最喜欢雪的宁静与淡泊。它不像风，呼天吼地告知天下。也不像雨，来临前电闪雷鸣先为其鸣锣开路，然后由着性子的随心所欲。雪默默无语，静静地来，缓慢地去，来时给人以洁白清新，去时给大地以滋润。它虽然不能拥有太阳的炽热，却拥有月亮的柔美，纵然昨日的辉煌顷刻化为乌有，它也不忘记把自己融入大地，去哺育春天。

如果人也如雪，也拥有一颗宁静的心，淡泊名利，不为物喜不为己悲，不哗众取宠。所有的飞短流长都将沉淀于脚下，还有什么烦恼与忧愁不能释怀那？

给女儿一片蓝天

时光荏苒，转眼，女儿已亭亭玉立与我齐肩。从前那个百依百顺的小女孩，已不在依偎在我身边听我讲故事，不再在饭桌上听我的营养论坛，不再按我给她制定的课程做功课，就连晚上放学去接她也烦。她总说，她有自己的思想与学习计划，她都长大了不用这么多牵挂与包办，等她上了大学不在我身边，看我怎么办。

是啊，生活就是这么让人无可奈何，被守护的要挣脱，该放手的又放不下。回想那些大手牵小手的日子多么充实。现在总觉得心里空空，极力想填充点什么，行囊也空空。只觉得女儿离我越来越远，不知哪天要走出我的视线。我陷入茫然。

深秋的季节，心情枯涩灰暗。白天，就连普照的阳光也觉得格外刺眼。百无聊赖中，漫步在锦绣川的小路，夏的蓬勃与灿烂早已被寒风扑头盖脸地打蔫。落叶纷纷飘落，踩在上面，那碎叶声让人心寒。河水失去往日的欢腾，已寻不到仙子的倩影，只有听雨声的枯荷还在听风声。灰色的路，灰色的天空，灰色的心情……

远处，一棵槐树下，几棵叶子还绿的蓖麻在风中招摇，我为之一震，深秋中竟还有这般葱茏？疾步过去，却发现枝繁叶茂中没有结子粒，就是有几个枝丫结的也是空壳的瘪籽。我百思不得其解，按说这里土肥水足，上有槐树遮风蔽日，下有园艺工人精心侍弄，不应该这样啊？这时，一个散步的老人走过来，他可能看出我的疑惑，说：“这是因为水肥过剩而造成疯长，疯长的蓖麻一棵棵像小树，营养全供应到枝干与叶子上了，所以不结子或者结出的子粒也是瘪籽。你再看路边那几棵没人管的蓖麻，虽然株小，但植株壮子粒饱满。”哦，我陷入沉思……蓖麻种子都是一样的饱满种子，土肥水过剩就颗粒不收，教育孩子不也是一样吗？一个孩子再聪明，但成长的环境过于优越，家长过分溺爱过分包办，不经过风雨的打击，不经过艰苦的磨炼，长大不也像蓖麻颗粒不收，没有成绩吗？想到这，我心情豁然开朗，看阳光也明媚，看落叶也如惊鸿舞翩翩，踩在上面软绵绵的，感觉像地毯。

驱散了心头的乌云，我要给女儿一片属于自己的蓝天……

第二辑

盛夏的一丝清凉

放　手

女儿期末考试的前几天，情绪有点不对劲，我工作忙也没拿当回事。

这天凌晨一点左右，我被女儿叫醒，她急切地对我说："妈，很久没跟你聊天了，我有个决定想对你说说。"

我睁开睡意蒙眬的眼睛，尽管没缓过神来，但还是对女儿的决定，感到好奇："什么决定，说来听听？"

女儿先把几次测验的成绩都简单做了汇报，说语文成绩在班里一直遥遥领先。这让我恍惚以为自己养了个未来作家。她并强调历史、政治分数也都不错，这也让我感到欣慰。突然，她话锋一转，很激动也很迫切地说："妈，我们分班是根据这次的考试成绩，我决定学文科。"这着实让我吃惊不小，要知道，女儿从小学到初中就不喜欢背诵东西，对数学与化学很感兴趣，再说全家也没有一个学文的。所以我想也没想便一口否决她的决定。女儿看我半天，问："为什么？""不为什么！"那夜，磨蹭到三点多也没敲定到底学什么。记得那天早晨，女儿是红着眼睛去上学的。

到底为什么呢？文科都是记忆背诵理解的东西多，女儿以前是不喜欢的，我百思不得其解，便开始战战兢兢地认真观察她的一举一动。可是，日子过去好几天也没见她什么变化，警戒心逐渐松懈下来。直到有一天班主任打电话，说女儿那天上午旷课没去上学，我才想起她上学没带书包。记得孩子曾经抗议，学习累了想玩会儿电脑也不让，真没意思。平时为不让孩子耽误学习，我把家里的电脑设置密码，任何人也打不开，难道她真的去网吧玩游戏了？我迅速召集家中所有的人各个网吧开始大搜索，所有的网吧都翻遍也不见女儿的踪影。顿时，我精神接近崩溃的边缘，从疯癫跌入到无助。各种不好的猜测争先恐后涌上我心头，会不会认识了社会上不三不四的人上当受骗，还是被人绑架了？再不就是学习压力大想不开……我不敢再想下去。就在家中乱作一团的时候，女儿回来了，什么话也没有就进自己的屋。我又气又恨，当教师的大姐制止我又一次冲动，她说："你假装不知道，该干什么就干什么，我来问问是怎么回事吧。"在大姐的耐心诱导下，女儿才说出旷课的原因。

女儿说："从小学到现在，我就没有一点自主权。就拿学习来说吧，我已经很努力了，在妈妈眼里还是不够，而且每次考试成绩总和别人比，一旦我的成绩低于别人，她轻则数落，重则动武，现在每到考试我心里就紧张，就怕考不好回家挨骂。在穿衣服上我不喜欢打扮，她说女孩子这么大了还这样邋遢，别人会笑话，等我懂得打扮自己的时候，她又说打扮会耽误时间影响学习。与同学关系上，不许我与男同学说话，更别说来往。有要好的女同学，她也刨根问底学习是否好。就是上学放学与谁一块她也盯梢，害的同学们都不愿意与我一起走。总之，我去做什么都感觉背后有双眼睛在盯着我，让我觉得浑身不自在，在妈妈眼里我没有一点优点，都是缺点。"大姐告诉她："那是你妈妈太爱你了，可能是这种方式让你接受不了。"女儿却说，当然知道爸爸不在家，妈妈不容易，生怕她受伤害。妈妈爱她，关心她，怕她分心影响学习。但是，这种爱快让她窒息了，让她丧失了一个自由。有好几次，她不愿意上学，上学了又不愿意回家，但想到妈妈眼巴巴盼望我安全回家时焦急的样子，我又不忍心这样做，可是回到家还是那一套"快吃饭去，快学习去"。她说："我是人不是机器，机器还需要休息维修加油呢，我呢？觉得从上了高中对理化就不感兴趣了，自己也不知道什么时候开始喜欢文科的，但是妈妈不同意我学文。今天上午上生物课，我眼睛盯着黑板，脑子一片空白。我也强制自己学，但是没用。与其上自己不喜欢的课，倒不如去书店看自己喜欢的书，这就是我旷课的原因。”

原来是这样啊，我为自己的那些爱感到内疚，也为自己的粗暴与强权感到对不起女儿。是我把女儿想得太复杂了，是我复杂的心理与行为像绳索一样死死地捆住女儿的手脚，扼杀了她原本的天真。是我不容置疑的独断差点让女儿失去挑战生活的信心与考验。回想走过的这些年。这些，女儿并不领情，她所表现出的行为是对这种大包大揽的爱，忍到极限，她把我对她的爱看成了负担。我真的不敢想象，如果继续下去，女儿会怎样？她稚嫩的心灵是否能承受？所以，在以后的人生旅途上，我决定放手，不再用我特有专横的爱来保护她，给她一个原本属于自己的自由空间，让她适当的发挥自己的潜能。那样，孩子才会将这爱的重负化为责任去欣然承担。只有让孩子充满信任，才能使孩子幸福而踏实地走向旅途啊！

致女儿的一封信

亲爱的女儿，眼见暑假就要过去，新学期就要开始，面对即将到来的高三，作为妈妈的我不得不说几句。高三，是冲刺的一年，高三是决定成败的一年，看着你悠闲自在的样子，我担心，我忐忑不安。担心你明年的高考是否顺利，担心你学的知识是否扎实，担心你未来的前途与命运。

从你呱呱坠地的那天起，妈妈就有了忙碌的开始，忙碌其中的幸福与甜蜜，满意与知足。直到现在，你给这个家带来的欢声笑语还时常在耳边回荡。记得你三岁时候，我把你打扮的干干净净，牵着你的小手去逛街时，每当有人夸你漂亮可爱时，你常常会仰着小脸反问人家：“我漂亮吗？”你的调皮与聪慧在那个时候就让我爱恋不已。从小你就是个懂礼貌的孩子，见到年长的知道叫爷爷奶奶，年轻的知道叫叔叔阿姨，看着你健康成长，看着你的活泼可爱，妈妈心里比吃蜜还甜。

从小学到高中你一直都是个品学兼优的好孩子，为此，妈妈骄傲妈妈自豪。这些年，你爸爸不在家，我们母女相依为命，你也知道，妈妈的个性，遇事不愿意求人，每次买米、灌煤气你总是像小尾巴跟在我身后，总嚷嚷着要帮着妈妈一起扛到楼上，妈妈听到就知足，那些苦与累以及委屈也随之烟消云散，你是妈妈的开心果。每次放学只要有时间，妈妈就去接你，在校门口，面对上千一样校服蜂拥而出的众多学生，我一眼就能找出你。

有多少个晚上，我们母女在灯下共同学习，有时候为一个问题我们争得面红耳赤；有多少个上学放学的早晨与夜晚，我与你一起并肩走在上学放学的路上，风雨无阻。从小学到高中，有多少次家长会后，你放学回来都兴奋地带回一堆我喜欢听的消息：“妈妈，我们同学与老师都夸奖你大方漂亮还会教育孩子。”尽管我不配戴这些头衔，但是我听了后，心里还是美滋滋的。

你又是个心地善良与孝顺的孩子，去年，你看到报纸报道一个残疾叔叔，如何不屈服命运，与疾病抗争的事迹后，你拿出自己的压岁钱让我给送去，尽管钱不多，但是看着你富有的同情心以及纯洁善良的目光，我为有你这样的女儿自豪。还有，不管你放学多晚，每次放学回来，你先去爷爷屋子问安，看着你为爷爷以及姥姥姥爷洗脚的样子，那么专注那么细心，我为自己感到汗颜，同时又很欣慰，毕竟，中华民族的传统美德在我们家发扬着。

亲爱的女儿，你马上满十七周岁，身体与心理的成熟可能让你面临的问题会很多，比如对某异性有好感。妈妈是过来人，妈妈上高中时候也有过这种感觉。那个时候，我们哪敢让父母知道啊，只有偷偷藏在心里，长期处在这样的心理环境里，能不影响学习吗？今天，你说你们班有的同学早恋，你问我，他们做得对吗？我说：“首先，感谢你对妈妈敞开心扉！其次，是男女谈恋爱没有错，但是，现在不是时候。高三了，你们的学习很紧张，明年你就要高考，你们没有太多的精力同时去应付繁重的学习和随时会影响人情绪的恋爱两件事。作为高三学生的你们，心智尚未发育成熟，感情很不稳定，一般来说谈恋爱是没有结果的。一旦把握不好又影响情绪，最终影响学习，甚至引发成年后的心理疾患。记得在哪本书上看到，美国科学家研究显示，18岁前谈情说爱的少年，由于无法应付初恋带来的情绪困扰，将为日后患上精神疾病埋下伏笔，尤其是女孩子更为严重。”你听后，默默地点头说：“我知道了。”知女莫过于母亲，尽管我已经觉察出那段时间你表现有些不正常，但是我还是不愿意往那方面想，我小心翼翼地观察着你的一举一动，甚至偷偷跟踪过你……我庆幸我的女儿，没有陷入早恋的沼泽。现在，你的青春与阳光给妈妈带来无比的荣耀，每当你放学把班里发生的事情对我说的时候，我是多么的高兴啊；每当你依偎在我身上撒娇的时候，我又是多么的幸福！

对于你，妈妈总有说不完的话。亲爱的女儿，你不要总埋怨我拿你与你的表哥、表姐做比较，不是比较，是让你向他们学习。首先学习他们的自觉性，学习他们的自制力，然后再学习他们的刻苦。你也知道，你的那几个姐姐哥哥学习都优秀，都考上理想的大学然后走上理想的工作岗位。爸爸妈妈只有你这一个女儿，只希望将来你能自食其力，有应对生活与工作的本领，能立足社会，将来不让我们牵挂就行了。

女儿，你知道吗？没有自觉性没有自制力的人是可怕的，注定将来一事无成，你说妈妈武断也好，你说妈妈不讲道理也好，我都不在乎。当然在自我约束方面，妈妈做得也不好，妈妈在某些方面有时候也很难控制自己的感情，这一点，妈妈也正在努力调整自己。在学习上，可能妈妈对你要求太高，让你感觉有压力，没有压力怎么会有动力呢？尽管内心不愿意你有太多的压力与包袱，但是，妈妈还是希望你全身心投入到学习中去，只有努力就有收获。自信+刻苦+努力=成功，相信你一定会成功。

最后，希望你能开心地走过人生最灿烂最美好的高中岁月，要做到青春无悔。

爱你的妈妈

于二〇〇九年八月三十日

盛夏的一丝清凉

天气真闷，空气似乎凝固了。随手打开空调，顿时神清气爽，读着一本好书释放压抑，沏一杯清茶驱散焦躁，听一首曲子缓解心情。望着窗外似火的骄阳，感受屋里的清凉，突然想起在老家的父母，牵挂的潮水漫上心头，水在涨潮，心也涨潮。

父母用了近十年的电风扇去年夏天就不工作了，本想去买台新的，父亲说，夏天马上就过去了，明年再说吧。今年没等倒出空去买风扇，酷热就迫不及待地降临。听同事说，大楼新进一批名牌风扇，噪声小风又柔和，尤其适应老年人。下班后，来不及回家就直奔大楼。

城市在大刀阔斧地搞建设，路宽了草地窄了，楼多了树少了。流火的天气追赶着急匆匆穿行的人们，脚下新修的柏油路似乎要冒烟，一辆辆轿车风驰电掣在我面前驶过，不时滚过一阵又一阵热浪，我被热浪裹着前行，汗水顺着脸颊流淌。车里竟然探出一张脸冲我滑稽地笑，没有坏意，但也看不出好意。前面路口出现堵车，排在后面的车辆一股劲按喇叭，看这长蛇阵要等一阵子了，我骑车从那辆车前飘然而过，留下一串清脆铃声。

看着柏油路两旁的电线杆，想起小时候，农村的林荫路。下地劳动的农民坐在路边树荫下休息，卷一袋旱烟悠然吸两口，疲劳随着上升的烟圈飘走。想起自家院子里父亲的小菜畦，菜畦两边傲然挺立的向日葵，叶子上扬着，花盘沉重地低垂着；丝瓜和南瓜自由舒展的蔓子上开放着黄色喇叭花；摘一根顶花带刺的黄瓜吃，不必担心有农药。想起中午父亲摇着蒲扇坐在树下为我们驱赶着燥热，给我们讲“头悬梁锥刺骨”用心读书的典故。想起夜晚躺在母亲自已织的蚊帐里，也是闷热的天气，空气也似乎凝固，让人喘不过气来，全身黏糊的难以入睡时，母亲摇着蒲扇为我驱赶蚊子，那是我最幸福的时候。每到这时，我舍不得闭眼睡，缠着母亲给我讲故事，月光透过蚊帐洒满母亲的脸，我借着月光细端详，母亲年轻时候肯定是个美人，光滑的额头，细长的眉毛，一笑眼睛眯缝一条线，慈眉善目的，活像小屋里供着的观音菩萨。

母亲信佛，从我记事起就记得她总是在每月的初一和十五这两天吃素，父亲也总是到很远的镇上买来点心，母亲分别装在五个盘里，每盘放五块，然后点上三炷香跪拜祷告，具体祷告的什么，我们不知，母亲也不说。等三炷香燃完了，母亲才让我们吃，说是菩萨们已经品尝过。虽然现在想起这些觉得好笑，但是在那个年代，只要能吃到香甜的点心，母亲说什么我们都信。母亲说人要怀有慈悲心肠，“行好不见好，早晚少不了”是她常挂在嘴边的话。记得有一次，村子里来了唱大鼓的，唱的是王宝钏住寒窑，唱完后家家户户要给他们送吃的，母亲当时听得泪水涟涟的，回到家包上几个大饼子（那时候家里还吃不上白面），然后又挖上两大碗粮食让我给送去。也许是菩萨真的显灵，也许是母亲的善良感动了上苍，总之一家人在平安中度日，我们也在母亲的祷告中长大成人，然后走上了各自的工作岗位。

去年母亲大病一场后，本来说好不再回农村去住了，谁知道春天草一发芽，父母念家的心也随之发了芽，也不吵也不闹，就这么整天忧郁着望着老家的方向念叨：“麦子该返青了，院子里的杏花也该开放了，咱家的杏树结的是白杏，味道香甜，个个长得像鸡蛋一样大啊，去年我们没在家，都让隔壁的二柱子给摘走了。今年要回去看着，你不是最喜欢吃甜杏吗。”开始我装作没听见，后来他们干脆直接就对我说要回老家看看，谁知道啊，回家后就再也请不回来了。前几天去接他们，一堆理由拒绝："天气热了，在家都穿的单薄。再说，你孩子的爸爸也回来了，洗洗涮涮的不方便。还是老家好，出屋门就是院子，我们也方便。"善解人意的父母总是为我们考虑得那么周全。

金屋银屋不如自己的土屋，就算父母人在这里，他们的心总也离不开自己的家，身心分离让他们不愉快，只要他们心情好，随意他们吧。眼下最要紧的是先把电扇送回去。

报得三春晖

前段时间，母亲病重住院，严重的心脑血管病差点让母亲失去自理的能力，幸亏抢救及时，才脱离危险。在住院恢复的那几天，我按照医生的吩咐为母亲调剂着饮食，哥哥弟弟则白天黑夜轮流守护在病床前。我不知道用什么词来形容当时的心情，那几天，我像失去了主心骨，心悬着突然就没有了着落，只想如果病痛可以代替，我愿意用自己的健康换取母亲的病痛。

其实，一个人，从脱离母体就开始步入生命的旅程，这一路上每个人都要经历人生的风雨变幻，事业的成败荣辱。在伤心落泪的时候，母爱就是一方拭泪的手帕；在开心的时候，母爱就是一张笑脸，灿烂在我心间。这些年，母爱一直守候在心灵的家园。当徜徉在花前月下时，母亲怀里的乳香浮动在心底，氤氲在童年的记忆又让人陶醉，顿时，幸福在心中悠悠流淌；当虚荣心作怪，张扬轻狂不可一世时，母亲严谨的家教又让我保持一份清醒一份自持；在工作中受到挫折，被人误解或者中伤时，母爱的宽容与大度让我在萎靡不振中挺直疲惫的身躯，敞开坦荡的胸怀，静心领会"君子养德，小人养威，俗人养身"的内涵；当跋涉在彻骨寒风中心灰意冷时，想到柔和的灯光下，母亲那一弯温暖的臂膀与盼儿归的殷切目光，于是坚定前进的信心，加快行进的步伐。

记得小时候，我感冒，母亲让我对着她的嘴哈气，说把感冒传给她我的病就可以好了。年少无知的我竟然真的对着母亲的嘴噗噗吹气，母亲也总是张着嘴欣然接受，然后再跪在小屋子供的那尊佛像前嘟嘟囔囔地祈祷。可能是母亲的爱心打动了菩萨，没过几天，我的病就真的好了。

这些年，母亲的疼爱无时无刻不在滋润着我，让我温暖又踏实地生活。记得有一次，被雨浇透而生病，母亲闻讯赶来，心疼之余对我免不了一顿数落："这么大个人了还不会照顾自已，让我牵挂到什么时候啊。"当时电视上正播放着阎维文的《母亲》："你身在他乡有人牵挂，你回到家里有人沏热茶，你躺在病床上有人掉眼泪，你露出笑容时有人乐开花，啊，这个人就是娘这个人就是妈……"听着听着，一种莫名的冲动涌上心头，我情不自禁地随之哼唱，直到哽咽，才在母亲的嗔怪中洗净泪水涟涟的脸。

人有时候很奇怪，当一种委屈得不到安慰的时候，第一先想到母亲，愿意说给母亲听，愿意在母亲那里找寻那种被理解的安慰。记得当年与婆婆产生一点小摩擦，丈夫又不在家，我哭哭啼啼跑回娘家对母亲倾诉。母亲婉言化解了我心头的怨恨，道理既简单又通俗："你不应有恨，你要怀着真诚去接近去包容别人的缺点，多去想想对方的优点与对你的好处，那样你就不会觉得委屈了。"

与爱人产生摩擦，当一种情怀不被理解，也愿意去母亲那里寻求真理，而母亲也总是用宽容理解教育来化解这些不快。母亲古朴简单的道理足以让我回归到自由呼吸的空间。最后终于明白，在爱你的人眼里，你一切都是好的，但是爱你的人是有限的，所以你不能放任自已，你要珍惜得到的。人想开心快乐不是难事，但是人活着，最重要的是心态，调整好心态，你面前会阳光一片。每每想到这些，总有一股温柔的气息缠绕着我，声声牵挂句句绵软，在关爱中缓缓溢出。

父亲出生在过去那种富贵的大家庭，也受过几年的教育。从记事起，父亲在我们面前总是正襟危坐，表情永远是一脸的严肃，以至于认为父亲可能不会笑，我们从不敢在父亲面前大声喧哗。父亲在教育他的子女上，也按着过去富贵人家那种方式对子女要求严格。女孩子要知书达理，在外人面前不要粗声野气地大笑，家里来了客人到跟前打个招呼就回避到各自的屋子等。

等我们长大上学后，父亲对我们要求更加严格。每晚，我们在灯下写作业他都在一边捧着本厚厚的书在陪伴，而母亲则在煤油灯下为我们缝衣服做鞋子飞针走线地忙碌。当我们偷懒背不过课本上要求的内容遭到父亲批评的时候，母亲才抬起那张慈祥又和善的脸，笑眯眯地劝解着父亲说："孩子还小，生那么大的气有什么用啊，孩子们长大自己知道用功就好了。"而严厉的父亲这时态度也逐渐缓和下来了。

听母亲说，父亲年轻时一表人才，还会弹琴呢，如果不是因为家庭情况特殊，也不会改名换姓到母亲家做上门女婿的。当年，父亲到母亲家的时候，只带了一架古琴。每当冬季农闲的时候，母亲做针线，父亲弹琴，悠扬的琴声淹没了生活的窘迫，陪伴着父亲走过了酷暑严寒，走过了寄人篱下的心酸与思念亲人的痛苦。我羡慕年轻时候的父母，他们没有惊天动地的爱情誓言，有的是锦瑟和鸣的默契与相濡以沫的情感。

受父亲的影响，让我从小就养成喜欢读书的习惯，这种习惯跟随我至今。这些年读书成为我生活的一部分，书沉淀了岁月的精华，积累了年华的智慧。我感谢父亲让我养成的习惯，让我拥有了那种读书女子身上特有的恬淡温柔与寂寞芬芳。母亲用她纤弱的身体为我们营造温馨与幸福的空间，任我们将喜怒哀乐抛洒。而父爱用坚实的臂膀为我们托起一片蓝天，任我们在自己的天空自由翱翔。他们的爱就像驱灾辟邪的玉，时时刻刻温润着我保护着我，在我遇到挫折痛苦迷惘的时候来化解胸口的抑郁。

时间总是在不经意中流过，岁月催人老，转眼母亲已步入七十岁高龄，对儿女的操劳以及岁月的风霜侵蚀了母亲的健康，只剩下如霜的白发，昏花的老眼，没有一颗牙的瘪嘴以及佝偻的脊背。去逛商场，她让我帮她买回个老花镜，回家后把我们穿破一个小洞准备扔掉的袜子洗净补好，还乐呵呵地说够她穿几年的了。望着她孩子般的笑脸，我羞愧得无地自容。这些年，从没有想到为母亲买件新衣服，她柜子里大包袱小包袱的衣服都是我们穿过时的旧衣服，而她都像宝贝似的叠得整整齐齐。

母亲从年轻就心灵手巧，只要颜色不是太鲜艳，样式不是太时髦，她总能想法改造成适合她那年龄穿的样式，穿出去没人能看出是旧貌换新颜的。曾建议给母亲染发，母亲说："人老头发白也是正常，年龄到了还是自然点顺眼。"她牙齿已全部脱落，再也吃不动喜欢的花生与水果。也曾想等有时间带她去镶牙，可母亲又说："我还能活几年啊，别浪费那个钱了，积攒下给孩子上大学用吧。"我们也没再坚持，镶牙的事情随口说完也就搁置在脑后了。

那一场大病差点夺去母亲的生命，医生诊断："老年人由于牙齿脱落，味蕾数量减少。肠胃功能降低。这些生理变化让老年人在食物的摄取吸收等方面受到影响。再加上相当一部分老人在饮食营养方面存在误区，让他们丧失了很多获取营养的机会。这样身体长期营养不良，又加上年老体弱导致心脏衰竭。如果不是抢救及时，真不敢想象后果怎样……"后面医生还说些什么，我没听见，当时满脑子只有一个念头，就是，等母亲出院带她去镶牙。

记得一篇文章上这样说过：生命很脆弱，不要等到亲人徘徊在死亡边沿才想到去关心去孝敬，不要把盘子里的肉总放在孩子碗里，不要把家中所有的积蓄都用在装修房子买车上。关心培养自己孩子的同时，别忘记多些关心给老人，当年他们也是这样关心培养了我们!

如今，我已人到中年，我没有能力让父母享多大福，但是我可以把一日三餐调理的可口些。我虽然不能让他们绫罗绸缎，但粗布衣衫可以让他们穿的舒适又温暖，让他们在平淡的生活中安享晚年。

美丽的风景

女人是一泓清澈的泉，一片洁白的雪，又是一幅五彩斑斓的画卷。都说世界是因为有女人而充满诗情画意。她们中有伟人，有才女还有平民百姓，她们秀外慧中、外柔内刚的气质之外有着传统女性的温良勤俭。

宋庆龄是举世闻名的伟大女性，她是中华民族的瑰宝，是全世界妇女的骄傲。她美丽的容貌与高尚的情操让中国乃至全世界人们对她钦羡不已，凡是见过宋庆龄的人没有不说她长得美的。她的美不光表现在外在的气质与容颜，而是来自整个生命以及全部历史，更主要是她对爱与幸福有自己独特的理解，一是孙中山值得她爱，二是她嫁给孙中山可以实现拯救中国的梦想。嫁给孙中山后，她与孙中山讨伐袁世凯的复辟，声援五四运动，创立广州革命政府与北洋军阀政府对峙，她陪同孙中山与俄代表谈判，在许多革命业绩中操劳。她是一个好妻子好秘书也是全中国女性的楷模。

美属于女人，而美的女人自古就是被评议的热点，是亘古不变的话题。美在李清照的词中芬芳，“暗淡轻黄体性柔，情疏迹远只香留。何须浅碧轻红色，自是花中第一流……”那桂花般的幽香渺远。美在张爱玲的真性情中流露，“因为相知，所以懂得。因为懂得，所以慈悲”所追寻的不过是一种相知的气息，只因这种彼此相知的气息，才会容得下一切任性和自私，容得下所有痛苦和伤害。那“高处不胜寒，知己无处寻”的孤寂，还有那冰冷的文字与张扬的个性，让她把美演绎的寂寞悲冷。

好景不厌千回看，美的女人是一道风景。从古到今，许多美的女性是通过文字记载走进我们的生活深入到我们的心灵。又有谁想到，在我们身边，在我们触手可及的地方，寻常百姓家的美也郁郁葱葱。

孩提时代，美在母亲的手中穿行，纺车纺出千丝万缕的柔情，织机编出五彩的梦。件件合体的衣服温暖我们，我们在母爱的呵护中慢慢长大。母亲是个文盲。斗大的字不识一个，等我们上学后，她也曾让我们教过她写好多字，可是几年后再问她，她说她只会写她这些孩子的名字，其他的全忘了，无声的母爱深深地融进了那些牵挂中。

记得有一次，在给母亲洗澡的时候，看到她腹部满是皱折，我为她失去女性的美而惋惜，那是生育过多遗留下的印证。而母亲语重心长地说："等你有了孩子做了母亲你就明白，容颜与孩子哪个重要哪个美丽了。"常听人说"孩子的生日就是娘的难日"，在我万分恐惧为是否做母亲举棋不定的时候，我有了自己的女儿。经历了十月怀胎与撕心裂肺的疼痛后，终于悟透了母性的厚爱与内涵，也体会到做母亲的疼痛与幸福。

可能对母亲来说，女人为丈夫为儿女失去容颜与青春是必有的美德。在她的心中，父亲是她的天，我们是她的树。现在，每看到我为孩子的成长而忙得焦头烂额的时候，母亲总半认真半玩笑地说："生活条件这么好，一个孩子就把你累成这样。当年，要不是家里穷怕养不起，我真想为你父亲培育一片小树林哪。"每听到这些话，我总是泪流满面地激动半天。

那个为儿女操劳一辈子的女人，那个为生活弯腰驼背.头发斑白的女人，那个为家庭栉风沐雨的女人，看起来似乎平淡无奇，但是作为一个母亲，能在岁月的长河中，把琐碎、狭义洗涤干净，淳朴的母性光彩照人，她不就是儿女心中最美丽的风景吗？

父亲的孝行善举

父亲72岁生日那天，家里来了不少的人给父亲祝寿，不知道的还以为父亲是什么高干，其实我的父亲是地地道道的庄稼人。

说起父亲，不免唤醒我小时候的点点记忆。童年的我，记忆还处在朦胧中，对什么事情都似懂非懂，也十分好奇。每到春节，我羡慕别人家的孩子穿着新衣服去外村姥姥家拜年吃好东西，而我也没有姥姥家可去，当时就纳闷，继而羡慕。为什么别人家都有姥爷与姥娘，而我家却有两个爷爷，两个奶奶呢，而且一个爷爷奶奶远在他乡。远方的那个奶奶家从不让去，说爷爷是地主，如果与他们来往我们长大都不能读书。后来才知道，那个远方的爷爷奶奶才是父亲的亲父母。父亲是因为家庭成分高才来母亲家倒插门（这就是农村说的上门女婿），改名换姓，遂了母亲家的姓，等我们长大到上学的年龄了又与奶奶家划清界限断绝了来往。

对于一个不能在父母身边尽孝的人来说，父亲内心什么滋味我不知道，只记得每到春节，父亲就一个人对着远方默默流泪。都说媳妇婆婆是对头，而父亲与爷爷（其实是姥爷）就是媳妇婆婆的关系，可是童年的我并没有感觉到他们之间这层特殊关系与别人有什么不同。记得小时候，姥爷卧病在床，每次父亲下地回来，放下锄头做的第一件事情，就是先洗手然后直奔姥爷房间陪姥爷说话，然后吩咐母亲烧好热水，他再给姥爷洗脚。母亲说：“干了一天的活了，你的腿又不好，还是我来吧。”父亲说：“还是我来吧，你的手没劲也不知道轻重。”过上一段日子，洗完脚后还要给姥爷剪指甲。看见父亲给姥爷洗脚剪指甲那全神贯注的样子，我感到，父亲是多么疼姥爷啊。都说久病床前无孝子，可是我的父亲照料久病在床的姥爷从没有不耐烦过，每晚坚持给姥爷洗脚，一直到姥爷去世。

还记得有一次，父亲去很远的地方贩粮食，带回来几个苹果，那个时候苹果对农村孩子是奢侈品，别说吃，就连见也没有见过，父亲一进门就打开行李拿出一个苹果一口一口地喂姥爷吃，类似这些数不胜数的小事，我都看在眼里记在心里，长大才有所领悟：父亲的言行正是秉承了我们中华民族的优良传统——百善孝为先啊。

七十年代中期，是凭公分吃饭，按人口分粮食，我们家姐妹七个，加上姥爷总共十口人（姥娘在我没出生时就去世了），人口多分的粮食自然就多，孩子小吃的也少，再加上母亲的精打细算，日子过得还算富裕，下来麦子了，我们家粮囤里还有棒子（玉米）。别人家新粮食还没有下来，旧粮食就吃完了。而我家总是有一囤是满着的，幼稚的我还以为家里有财神帮助呢。

记得有一年快过年了，村里一个远房叔叔来我家串门，话语中流露出过年连包饺子的面都没有。父亲听说后，第二天，就吩咐母亲背几斤白面给叔叔家送去，母亲生气地说："我们家有十张嘴吃饭也不富裕，给他家我们家又得吃夹面饺子了"（夹面饺子，就是把白面包在玉米面的外面再擀成皮做饺子，做不好就容易煮破）父亲说："我知道孩子都不愿意吃夹面饺子，可是我们也是有儿女的人，要是我们的孩子过年连顿饺子都吃不上，你心里不难受？将心比心吧。"父亲的一席话把母亲的气打消了，随即母亲让我端着白面给叔叔家送去。类似这样的事情还有很多，开始都是母亲嘟囔着不同意，最后还是被父亲说服。父亲在做出这些善举时，并没有想让人家还，也没有想将来取得什么回报，就是若干年后，我们几个都不在父母身边，那些当年的叔叔大爷也相继作古，倒是他们的子孙们经常的去看望年迈的父母，有空照料他们的生活，还时常来城里给我们送些新鲜的土特产，我们也会买德州的扒鸡给他们带回去。

虽然父亲是地道的庄稼人，可是他从不重男轻女。我们家姐妹五个兄弟两个，依母亲不让女孩子读书，说女孩子早晚是婆婆家的人读书没用，在说也供应不起，可是父亲坚持让孩子们都能读上书，父亲说：他们那辈人没有文化是没有赶上好年代，现在提倡男女平等，女孩子书念好了照样长出息，就是再难也让孩子们都要读书。我们几个也没有让父亲失望，高中毕业相继走出了农门，吃上了皇粮。

现在也已步入中年的我，在教育孩子的问题上也轻车熟路，是父亲的品德与教育方式在我的印象中定格，主导着我的思维与言行。我最大的外甥女去年研究生毕业考进北京某部门工作，两个外甥也在某军校读研究生，侄子也就读某大学，我的女儿今年也以优秀的成绩考进某高中。这些都是父亲的功劳，没有父亲的言传身教与勤劳就没有我们的现在，也没有这些优秀的晚辈。

今天看着慈祥的父亲身体还是那样精神硬朗地招呼客人，他脸上的每条皱纹里都溢满幸福与满足，我在心里默默祝福：愿他老人家健康长寿。

香甜父母心

八月十五是象征团圆的节日，人们不管是身在异地还是他乡，都愿意赶回来跟家人过中秋节。多年没回老家过中秋了，今年父母不在城里，刚开春就搬回了老家。姐说父母在哪里，哪里就是家，我们就去哪里过中秋节。

刚到村头，父母已在那里等候。都快八十岁的人了，还是不服老，母亲踱着小脚颤巍巍地走过来要帮着拿东西，父亲还是像往常一样，让我们先回家喝水，他在这里待一会再回。我们心里明白，父亲是担心车被调皮的儿童划伤呢。大姐看透了父亲的心思，说如今的孩子不比以前啊，见得多了，啥都不新鲜了，不会有事的。听大姐这么说，父亲略思忖片刻，这才在几个孙子的簇拥下有说有笑地回家。

这让我想起儿时。那时候，别说是轿车，就是村子里来辆耕地的拖拉机，孩子们也会将其围得水泄不通，一双双小手争着抚摸那红色锃亮的机身，最后才在村支书的连唬带吓中不情愿地散去。

两排房子将偌大的院子分成前后两个院，父母现在居住的是靠街的后院。后院子里有棵枣树，玛瑙似的小枣一串串将树枝压弯。我惊奇着这瘦小羸弱的小树，体内蕴藏着多大的能量啊，竟然结这么多小枣。

听母亲说，往年的枣子也没少结，只是等枣熟的时候，总被飞来的鸟儿啄食，很少像今年这样个头完整、鲜艳透亮的。父亲说："这些年在城里住，也顾不了树上的枣子鸟啄虫咬的，任其自长自落。去年听你们说市场上卖的枣子颜色红就是不甜，很想念老家院里的羊奶子枣，你们的母亲从小枣开始上色的那天起，就每天按时坐在树下看枣，以防被鸟雀啄食。"

望着一树红彤彤如珠似玑般的小枣，我仿佛看到那个满头稀疏的白发、脊背佝偻的老人，每天坐在院里，只要有麻雀飞来，她便蹒跚着小脚，晃动着手里的竹竿子，连喊带赶吓唬鸟儿。尽管她有满腹的爱心，善待一切有生命的东西，更不会伤害任何一种生灵，但是比较起她的儿女们，她还是有些私心。树上的每颗枣子都是她的儿女最喜欢吃的，她可以在院子里给小鸟撒一些秕谷之类的东西，也不允许它们抢食小枣。

仲秋的天气，早晚凉爽，中午还是那么热。看着踱着小脚帮我们捡拾枣的母亲，一头白发已经稀疏，隐约可见晒得发红的头皮。我的心一阵发热，情不自禁地将母亲轻轻拥住，泪水不能自禁……

闲置的前院，被父亲种满各种各样的蔬菜，红的西红柿，绿的丝瓜，紫的扁豆，白的冬瓜。仔细想想，这几种蔬菜分别是我们最爱吃的。尽管市场上这几种蔬菜遍地都是，但是我们还是当着父亲面，表现的欢喜异常，争着抢着将各自的袋子摘满，如获至宝一般。父亲乐得合不拢嘴，连连说："别抢，别抢，明年我给你们多种点。"

慈祥又善良的父亲，尽管已是耄耋之年，在他眼里，我们永远是长不大的孩子。只要我们喜欢，不管什么要求，哪怕是随口说的一句玩笑话，他也会记在心里，然后就想尽一切办法尽其所能地去满足我们。

都说葵花朵朵像太阳，我觉得应该说“葵花朵朵向太阳”。向阳的葵花，让我想到父亲。他总是把我们当成他心中的太阳，心一辈子围着我们转。小时候，为养活七八个孩子，父亲随村里的青壮年出民工，数九寒天站在冰冷的水中清理河道，从此落下一条老伤腿，只为多挣工分能多分一点粮食；为让我们都能上学，冬闲季节，父亲赶着牛车跑很远的泰安去贩卖地瓜干换取点书费；为调动我们对学习的兴趣，父亲每晚陪着我们写作业，不管酷暑伏天，还是数九严寒；为给外地上学的姐姐夏送单衣、冬送棉衣，每次都是放在校传达室，远远站在校园外看姐一眼再走，就怕同学知道姐姐有个跛腿父亲让她难为情。

如今，父亲已年近八十，老伤腿也早已痊愈。每当大姐说到当年的父亲，也总是话未说完泪水已经满面。多年来，父母用各种各样的方式来表达对子女的爱，只是父亲表达爱的方式更深沉更原始一些。

又到晚上赏明月吃月饼的时候。面对花样繁多，味道各异的精装月饼，都说想念小时候母亲打制的月饼。父亲说：“别急，去年在城里，你们就念叨小时候你娘做的月饼好吃，今年给你们做了不少呢。”

那是去年的中秋节，也是面对各种各样的月饼，都说很想念儿时的中秋节母亲为我们亲手打制的月饼，虽然做工粗糙，用料简单，但吃起来非常甜。

当母亲颤巍巍从小屋子端出十几块大小不一、薄厚不匀的月饼的时候，我的眼泪又不能自禁。小侄女说先尝尝，从小侄女伸手拿月饼起，母亲的目光就随着她的小手游走。看着侄女龇牙咧嘴的样子，母亲像是做错事的孩子，可怜巴巴地看着大姐，说：“你尝尝，是不是不甜啊？我放了好多糖呢。”父亲说：“小孩子没挨过饿，不知道‘饿了吃糠甜如蜜，饱了吃蜜都不甜’。”

大姐拿起一块吃着说：“不错，很甜。跟小时候的味道一模一样呢。”我也试着拿起一块咬一口，竟然难以下咽，刚想吐出，看母亲那稀疏的白发，还有那可怜的眼神，令我一阵阵心疼。口里嚼着月饼，仿佛有丝丝甜蜜注入心田，我装着很好吃的样子大口吃起来。“剩下的这些我要带回去慢慢享受”，我一边吃，一边把剩余的月饼都装进袋里。

母亲眼睛笑成一条线，连连说：“好吃就好，好吃就好。”原来，母亲是错把咸盐当成白糖了，母亲真的老了！

吃着甜脆的小枣与可口的饭菜，看看母亲亲手打制的那些咸咸的月饼，心中五味杂陈。没想到，去年儿女们无意中的一句话，竟让父母当成心头大事，整整准备了一年！

除夕夜的素馅饺子

时间过得真快，春节说来就来了。说到春节，就让我想到除夕夜的素馅饺子。

在儿时的记忆中，进了腊月门，我就盼望过年，既有“穿新衣服”的自豪，也有提着灯笼看放鞭炮的喜悦，更主要的是，还能饱饱地吃上母亲精制的饺子。

按照祖宗沿袭下来的传统，年三十到初一要吃素。说是为了来年全家人素素静静，平平安安。现在想来，是那时候家里穷，吃不起肉馅饺子。

在老家，年三十包饺子是有讲究的，这其中也包含着一定的文化内涵。饺子要包成弯月形，边上的褶要捏细捏匀，谓之“捏福”。有的把弯月形的饺子两角对捏在一起，呈“元宝”形，象征着“金银满屋”。也有的将饺子捏上麦穗形花纹，象征着“五谷丰登”。包好的饺子摆放也有讲究，由内向外一圈圈地摆放整齐，称作“圈福”。

吃罢三十中午饭，下午就开始准备。包饺子时，母亲一般不让别人插手。就是姐姐们帮忙，她也是千叮咛万嘱咐，手要一定洗干净，以表示对过年的虔诚与重视。所以，大姐小心翼翼地剁馅，二姐认认真真地和面。调皮的哥哥总是爱偷偷摸摸柔软的面，被母亲看见可不得了，赶紧挡开他的手，然后，抓一把自家院子种的葵花子塞进哥哥兜里，撵他带我们一边玩去。这时候，哥哥就带领我与弟弟妹妹们高高兴兴地到一边分享去了。

年三十的饺子馅，母亲是用白菜和豆腐皮做主料，然后把泡好的粉条剁碎，再把姜和芫荽切成碎末放到馅里，用香油调馅。因而，那饺子香而不腻，闻着就让人馋得流口水。等到半夜十二点，街上的鞭炮一响，母亲就忙着下饺子。下饺子时，父亲烧火，烧火不能拉风箱，母亲说，各路神仙都来家过年，不能惊扰他们。为此，天黑前父亲就把好烧的芝麻秆棒子秸，抱到灶火台下准备好了。等把饺子煮熟，母亲先盛出几小碗，摆在小供桌上，烧纸，磕头，敬天地，敬财神与灶王爷。等所有的神仙都敬完，母亲才把我们叫起来吃饺子。

吃饺子前，要先给自己的长辈磕头拜年。然后母亲就小声叮嘱我们：打喷嚏时要冲墙打，不能冲着人，冲谁打喷嚏谁就来年倒霉或者身体不好。还有不能把饺子吃完，碗里要剩两个，表示来年有余粮。再就是吃完第一碗不能说没了（其实不等我们吃完，母亲就把第二碗饺子放在我们跟前了），说吃没了就等于来年受穷。嘱咐完，我们才能吃饺子。我一边吃一边暗自数数，看自己能吃多少。

老家有个说头，就是除夕夜谁吃的饺子多，来年谁就身体健康不生病，念书的孩子学习就好。而年三十的饺子包得越多越好，意味着来年五谷收成好。所以，我们家总是包很多饺子。这也是那个年代，人们对富裕生活的期盼与向往吧。

改革开放后，随着生活水平的提高，饺子也不断被人们改变着它的“内涵”。在吃腻了山珍海味与鸡鸭鱼肉馅的饺子后，人们又想到清香爽口的素馅饺子。什么素三鲜啊，野菜粉条，黄瓜鸡蛋等，尽管变着样地做，可是怎么也吃不出小时候的味道，这可能就是老人们说的那句“饿了糠如蜜，饱了蜜不甜”吧。

吃过山珍，也品过海味，只有那除夕夜的素馅饺子，包裹了儿时深深的情愫，永远飘香在我记忆深处！

子欲养而亲不待

爷爷去世已经十七年了，每当他的祭日，我们回家上坟时，面对那长满荒草的坟墓，记忆的大门又被无尽的遗憾与思念打开，爷爷生前的音容笑貌又浮现在我的脑海……

爷爷其实是我的姥爷。姥爷没有儿子，姥娘在母亲八岁时就去世了，姥爷把所有的爱与希望都寄托在他唯一的女儿——我母亲的身上。五十年代的农村，人们重男轻女的封建意识很浓，没有儿子就没有延续香火的人，说得难听一点就是“绝户”，会挨欺负会被人看不起的。姥爷为了让自己的姓氏有人延续，因此，招了父亲为上门女婿。听母亲说那个年代还没有实行计划生育，在连生了两个姐姐之后，哥哥的出生让姥爷的腰板挺直了，说话也气壮了，因为他家终于后继有人了。

从此，他几乎像个陀螺转个不停，白天下地干活，晚上回来再帮着带姐姐们，等姐姐们睡着了他再帮着父亲去推磨。等我出生时，母亲说我长的又丑又弱还有病，那个时候家里穷，有病也看不起，在父母对我不抱什么希望的时候。可偏偏我的生命就像岩石上的小草那样顽强，姥爷竟用面糊糊把我喂活了，从此，姥爷的脊背成了我的摇篮。

在我的印象中，姥爷从来就是日出而作，日落而息，像大多数乡下老人一样，他卑微的梦想就是盼望他的孙子孙女都长大成才，将来也带上他到城市享福。我们家孩子多，父母顾不过来，我上面有姐姐哥哥下面有弟弟妹妹，我是爷爷一手带大的。在我幼小而有限的记忆里，姥爷的手很巧，什么活都难不倒他。夏天，他利用中午休息时间编柳条筐子，拿到集市去卖钱补贴生活用。冬天就绑笤帚，姥爷绑的笤帚结实又耐用。到了秋收后，邻居们都抱着脱下子粒的高粱穗子求他绑笤帚，他从来也不推辞。我有时候觉得姥爷傻，而姥爷总是憨厚地笑笑说：“邻里之间谁没有点事啊，给别人方便就等于给自己方便啊。”多年来，这句话深深地印在我脑海中，指引着我成长的道路。

随着我们的慢慢长大，姥爷的脊背也越来越弯，在那个靠工分吃饭的年代，秋后生产队分的那点钱光我们姐妹几个每年几十元的学费也不够。在当年，村里有好多孩子因为拿不出几元的学费而不能上学或半途停学。现在想来，如果不是姥爷的勤劳与手巧，我们可能也会辍学，可能永远也走不出那个村庄。

记得每到农闲的日子，姥爷就走街串巷地去卖筐子与笤帚，而我们一年的学费也是出自那些筐子与笤帚。每次卖完回来，姥爷不是给我们带一把熟花生就是几颗糖块。那个时候，糖块对农村孩子是奢侈品，一块糖我能吃好长时间。开始我先是咬下一点点，剩下的再慢慢包好，馋的时候，再拿出来咬一点点，含着慢慢咽下，那个甜呀让我至今天还回味无穷……

站在姥爷的坟前，总有一种时光流逝的疼痛撕扯着我的心。忘不了，夏天的夜晚给我赶蚊子，冬天放学回来把我冻红的双手放到他胸口，晚上等我睡着后，为我掖被子烤棉鞋；忘不了，家里改善生活，他说喜欢喝汤，把面条挑到我碗里；忘不了，上高中后，给我送干粮送棉衣，而每到星期六下午准时在村口接我，夕阳下的爷爷，背有些驼，一头白发，他期盼的眼里满是牵挂，他长长的身影也成了我记忆中抹不去的风景。

等他的孙子孙女们羽翼丰满飞出农村后，他总算松了口气。操劳了一生的姥爷没有进过城，没有见过火车。工作后，我曾经对姥爷许愿，等我买了房子要接他来城里享福，带他去看火车。他总是半认真半开玩笑地说："等你买了楼房我可能早就埋到地里去喽！"在他眼神中分明流露出对城市的渴望与向往。

现在我已有了自己的楼房，心愿没等兑现，而那个等我接他去城市安度晚年的老人早已去了另一个世界。虽然我也知道，生老病死是人之常情，但"子欲养而亲不待"的遗憾是无法弥补的！

第四辑

品味等待

忏悔无声

农历的七月十四是鬼节，鬼节这天，人们要到故去亲人的坟上烧纸钱、摆供品，以此来祭奠他们的在天之灵。二十年前的七月十四，正是我的姥爷去世的日子。每年的这天，我总会再买一条“的确良”布料的裤子在姐姐哥哥们疑惑不解的眼神中连同纸钱一起烧掉。

二十年前的那个早晨，因单位有事，我需要提前早到，我一边洗漱着，一边叫母亲帮我拿昨晚凉在院子里的裤子，母亲说没有，我说不可能，昨晚我明明洗干净凉在铁丝绳上的，母亲说有可能昨晚让风刮到哪个角落了。只见步履蹒跚的姥爷从屋子出来，屎尿顺着裤腿直流。母亲说：“快过来帮忙，你姥爷又拉到裤子了。”我跑过去一看，姥爷穿的正是我昨晚洗的那件。我又气又恼：“真烦人，我才不管呢！”说着就气呼呼地上班去了。

没想到，那竟是跟姥爷的永别。

当天下午，下班回家，一进村口，就听到姥爷去世的消息。我不信，早晨好好的，怎么就……看到从我家出出进进的乡亲以及门口摆着的纸幡篓子，我怔在那里半天没回过神来。直到母亲叫我赶紧去看姥爷一眼，不然一会去火化就见不到面了的时候，我才缓过神哭起来。姥爷张着口仿佛有话要说，枯黄的脸上还挂着几滴泪。母亲说：“早晨看你气哄哄地走了，你姥爷半天没说话，一直流眼泪自责，说不该偷穿孩子的裤子，惹得孩子不高兴了之类的话。”

那时，我悔恨交加。恨自己的小肚鸡肠；悔自己对姥爷的不孝、不仁与不敬。母亲劝我说：“别哭了，人死不能复生，你姥爷活着的时候，也没受罪。再说你们在吃喝上也孝敬他了，这几天他自己也感觉时间不多了，没几天活头了，他能下地走路，可能就是回光返照呢。”当时，对母亲的平静我不理解。母亲说：“老人活着的时候只要尽了孝，就问心无愧。总比生前不孝敬，死后哭天吼地做给外人看强啊！”

母亲生养了七八个子女，我是中间，上有哥哥姐姐下有弟弟妹妹，我从小跟着姥爷长大。每到秋天，姥爷总是背上我一起去照看生产队的场院，场院上晒着玉米、大豆，还有成捆芝麻。到了晚上，我就跟着哥哥趁姥爷不注意躲到芝麻捆后偷芝麻吃。在那个温饱不济的年代，香喷喷的芝麻就是美味啊。姥爷看见了也只是嗔怪我们几声：“尝尝就行了，别没完没了啊。”我知道，姥爷也有私心，他疼我们，也希望我们多吃点。

那个年代的冬天怎么那么冷，地能被冻裂。每到晚上，姥爷总是提前把炕烧得暖暖的，让我钻被窝，然后姥爷坐在小煤球炉子旁，一边给我烤湿透的棉鞋垫，一边讲着那些老掉牙的故事，尽管听得我耳朵快起了老茧，但还是在姥爷的絮叨中安然入睡。

姥爷有个柜子，常年锁着，也不让打开。听母亲讲，那里面有姥娘在世的时候给姥爷缝好的送老的衣服，还有几丈毛蓝粗布。只是每到清明上坟的日子，姥爷才拿出来看上半天，然后又缓缓叠好放进柜子锁好。每次母亲总是要求姥爷把那些毛蓝布留在外面，给父亲缝条裤子，姥爷就是不答应。也可能因为那是姥娘留给他最后的手工品，处于对姥娘的怀念；也可能是那个年代穷，怕自己过世后，母亲拿不出吧。总之，姥爷把那些粗布视为珍宝。

那年，我与哥哥相继上了初中与高中。有一天，看着我穿的姐姐穿过的打着补丁的被母亲改小的旧裤子又撕开新口子后，姥爷打开柜子，拿出那一沓毛蓝布给母亲，说孩子长大了，也知道爱好了，给她们姐妹几个每人做条新裤子穿吧。母亲愣了半天说：“爹，是真的吗？”姥爷点点头。我记得母亲拿着布转身那会儿流泪了。

八十年代中期，在外上班的或者家庭条件好一点的人开始穿起了“的确良”布料的衣服。那年夏天，看着我穿着崭新的“的确良”衣服，姥爷不止一次地问：“‘的确良’凉快吧？”我骄傲地说：“凉快，比你穿的老粗布凉快多了。”我看见，姥爷的眼神里满是欢喜，隐约还有一丝羡慕。后来听母亲说，每当姥爷看到我晒在院子里的“的确良”衣服，总是偷偷摸索着自言自语：“这种布料穿着肯定凉快啊。”

姥爷下葬的那天，我把那条“的确良”裤子洗干净叠好，又买了几条新的，一起整整齐齐地放进他的墓穴掩埋，只把深深的愧疚掩藏在心底。

时隔多年，每当想起姥爷脸上的泪以及那条“的确良”裤子，心就一阵阵疼痛，不就一条裤子吗，当年为何对疼爱自己的姥爷那个态度，况且那个时候，我已经上班挣工资了，怎么就没有想到给姥爷买件“的确良”衣服啊！

如今，我要把压在我心底的愧疚在这里说出来：姥爷，对不起，请原谅我当时的年轻无知，以及对您的不礼貌。如果有来世，我一定给您买好多“的确良”裤子，让您穿个够！

感动习惯

生活中，有些习惯总是在不知不觉中形成，而且形成了就很难改变。回家过春节，照例像往年一样，先给老人汇报一年来的工作生活以及孩子的学习情况。然后就爬到炕上依偎在被子上看电视。

记得从结婚起，每到过年，婆婆从不用我帮忙干活。她总说：“过年用的东西你们也拾掇不了，家里冷，还是到炕上盖上脚喝水看电视吧。再说，到处都是油腻，把你们的衣服弄脏了不好洗。”这些年来，习惯了她什么也不让做；习惯了春节穿戴一新等吃坐喝；习惯了被婆婆让上暖融融的大炕，背靠在被子卷上看电视；习惯了看小女与爷爷嬉戏，看丈夫帮着婆婆收拾年货，忙活的热气腾腾；习惯了享受外面冰天雪地，屋里却温暖如春，欢声笑语溢满整个院落的感觉。

丈夫是个孝子，也是婆婆众多孩子中唯一的儿子。每次回来休假，丈夫总是先回老家看望父母，母子见面总有说不完的话。尽管丈夫舍不得走，但是，婆婆总是催促他早回到我身边来，她说我一人带着孩子不容易，要他在休假期间多帮我做做家务。她还经常打电话来，不让我们牵挂他们，说他们身子骨还硬朗，她要我把工作干好，把孙女带好就行。我被婆婆的体贴与关心而感动着。生活就在平淡中度过，只看到女儿的长高，而从没有想到，时间也会让人老。去年，婆婆突然就不在了，伤心悲痛之余，婆婆的诸多好处，在脑海中挥之不去……

今年的春节，屋子里格调素朴，气氛也泛着淡淡伤感。我又一次被感动着，只因为那被婆婆养成的习惯，以及家人心领神会的爱。

懂事的女儿对爷爷说，她长大了，让爷爷安心喝茶，有活她与爸爸干。在女儿的端茶倒水中，在公公佝偻着背步履蹒跚中，在丈夫忙碌的身影中，我突然觉得眼睛涩涩的，我迅速翻身下炕，戴上围裙。丈夫冲我会意地一笑，说天冷，让我穿上他的棉大衣。我开始洗菜，杀鱼……忙得不亦乐乎。几天下来，手被冻裂好几道口子，风一吹生疼，我不禁潸然泪下。不是为自己的疼痛，是为那份失去的温情与疼爱。这些年来，婆婆的手上有多少道冻裂的伤口？

千里共婵娟

一首歌曲，不同的人唱就有不同的韵味。不同身份的人听，也有不同的感受。多年前就喜欢董文华唱的歌曲，喜欢她的歌不光是因为唱的好，更主要的是她演唱的大多数作品是歌颂军人的。尤其是经她演唱的《十五的月亮》："军功章啊，有你的一半也有我的一半，万家团圆是你的心愿也是我的心愿……" 深情款款，情意绵绵，唱圆着一个又一个军嫂的梦。

时隔多年，突然有一天听到她的一首《相聚别离两依依》，动情的歌声优美的旋律打动着我，嗓音依旧那么甜润，如清泉滋润复苏着我干涸已久的心田，只听得人心潮澎湃泪水涟涟，那记忆的心扉也被慢慢开启。

那是十几年前的夏天，去部队休假，正赶上过八一，部队要搞一次大型文艺晚会，其中有个节目是男女大合唱《团结就是力量》与《游击队之歌》。部队的女军人很少，为凑人数，我有幸冒充了一次军人，参加了他们的排练及演出。那天站在台上，穿着整齐的军装，心里充满了骄傲与自豪，突然就想到董文华，想起那首《望星空》与《十五的月亮》。我们的合唱结束后，在众多官兵的强烈要求下，我代表所有军嫂与人合唱一首《十五的月亮》与《望星空》，面对台下数不清的面孔，我既紧张又激动，唱着唱着就想起自己与丈夫两地生活的不容易，心酸与委屈一起涌上心头，泪水在眼里直打转，还差点唱错歌词，最后是如雷的掌声打破我的窘迫。

事情虽然过去了多年，现在，我们也由分居到团圆。但是，面对每年即将加入或者准备加入军嫂行列的众多女性，作为一个过来人，我按捺不住想嘱咐几句的欲望，嫁给军人，你们准备好了吗？

嫁给军人，就意味着分居，分居就意味要耐住寂寞与孤独。选择军人就等于选择了奉献与牺牲，战争与和平年代是一个道理。随军与丈夫团聚，是许多军嫂化不开的梦。部队是一个特殊群体，军人的妻子能够随军，需要符合一定条件，即服役到了一定年限，职务到了一定级别，年龄到了一定岁数。在不够随军条件的情况下，只能两地分居。生儿育女没有没有丈夫陪伴身边，在她们中间是常有的事；逢年过节形影孤单也已经成为习惯。所以，等待与相聚的喜悦，只能在每年临时去探亲那短暂又幸福的重逢中去体会。

对所有的军人妻子来说，自从有了《十五的月亮》与《望星空》，望月成了她们共同的感情寄托，因为在远方的月光下，她们的丈夫正履行着军人的职责，完成着共和国赋予他们的神圣使命。她们在银色的月光下，不只是唱着摇篮曲，她们还在承担着本该由男人承担的家庭重担，忍受着一个正常女人难以忍受的相思之苦。她们也是有血有肉的凡胎俗体，她们也有健康身体丰富的情感，她们也渴望丈夫的拥抱与体贴，更渴望生活中有人为自己遮风挡雨。但是，她们识大体顾大局，她们更懂得军人的职责，她们理解军人的奉献。哪里出现抢险救灾的现场，她们的心就跟随到哪里，在精神上忍受相思的折磨，同时还在心灵上随时接受亲人献出热血与生命的沉重打击。

她们中间，有的人可能没有太高的文化，也可能不懂得那些冠冕堂皇的大道理，但她们用质朴与忠诚等待，她们的脉搏随军队随丈夫一起跳跃，她们知道“思其大而忘其小”的道理，在超乎夫妻团圆的生活中寻找家庭的完整；在等待与奉献中体会相聚的幸福；在平凡与琐碎的生活中书写着“新牛郎织女”的动人诗篇。

韩素云的名字在二十世纪九十年代初，曾像一股绵绵春风吹遍大江南北与军营内外。她的事迹也让整个社会知道了“军嫂”这个特殊群体的不易与艰辛。可是，人们可曾想到，无数军人的背后有多少个韩素云在默默支持着丈夫的工作。她们打磨着自己的柔弱的肩膀，在生活中把风雨一肩挑。尤其那些家住农村的军嫂，白天，繁重的农活把她们锻炼的腰粗体壮，淳朴的乡村民风让她们练就一副粗门大嗓。抚养儿女孝敬老人成了义不容辞责任。下地劳动和男人一样不甘落后一步，她们自尊又善良，自立又要强。就是这样一群女人，粗枝大叶的外表里面，那细腻的情感也被她们精雕细刻着。在明月清辉的夜晚思念远方的丈夫，凭栏远眺，万千关山被望断。她们只有把压抑已久的情感倾注于笔端，尽管字体不是多么端正，语言不是多么精练。她们把女性与母性的柔弱与坚强，书写在那只有丈夫能读懂的信笺，“云中谁寄锦书来，雁字归时。月满西楼”然后在翘首盼望中等待那传书的鸿雁。

作为生活或工作在城市中的军人的妻子，她们大多数受过中等或者高等教育，有着良好的修养与文化素质，她们从不因地方人的工资高于丈夫而羡慕，也不因为别人夫妻团聚长相厮守而嫉妒。她们两点一线，单位与家，家与单位。她们懂得生活的意义与生命的价值，她们工作兢兢业业，从不与人争高低。抚养教育孩子孝敬父母，里外一把。只有在夜深人静，她们才有属于自己的小天地，在心灵的净土中耕耘希望，播种理想。她们学会了在生活中独立，她们在寂寞与等待中，让思念在月夜漫步，让心灵在书海遨游，“从别后，忆相逢，几回魂梦与君同！今宵剩把银釭照，犹恐相逢是梦中”。她们在滚滚红尘中洁身自好一室独芳，为对方守候心灵那一片净土的同时，不断提升着自己修养着自己。

不管是生活在农村或城市，所有的军嫂是一家。她们有了自己的小天地小圈子，她们工作中相互鼓励，生活中相互帮助，她们从不计较个人得失，从不与人论短长。一家有事，只要一个电话，不管多忙，都会及时出现在面前，她们不是姐妹胜似姐妹。为耐住寂寞与诱惑，一篇《上邪》在她们之间传阅“上邪，我欲与君相知，长命无绝衰、山无陵，江水为竭。冬雷震震，夏雨雪，天地合，乃敢与君绝！”这首中国爱情诗的千古绝唱被她们浅吟低唱着，让她们对爱情忠贞不渝，战胜生活诱惑的决心坚定不移。

“但愿人长久，千里共婵娟”这一千古名句，据说出自谢庄的“美人迈兮音尘绝，隔千里兮共明月”。词人的句子是浪漫的，千年光阴虽是弹指一挥间，“但愿人长久，千里共婵娟”却依然是人们对美好生活的向往。对这阕词的理解，我想，没有比作为军人妻子的她们，理解与感受最深的了！

跟着幸福的感觉走

记得童年的那个夏天，那个繁星漫天的晚上，我们躺在院子里纳凉，数着天上的星星，望着灰白色的银河出神。爷爷告诉我们那三颗连成一线的星星是牛郎星挑着他的一双儿女在去往天庭的路上，那灰色的银河是王母娘娘用金簪划出的天河。

牛郎织女的故事早已家喻户晓，从古到今，不少文人墨客借此吟诗作赋，歌颂爱情的忠贞。“纤云弄巧，飞星传恨，银汉迢迢暗度。金风玉露一相逢，便胜却人间无数”，秦观的这首《鹊桥仙》成为千百年来抒情绝唱。一条天河相隔，隔不断那浓浓的相思切切的情意，一曲有情人不能团圆的长恨歌一直从古唱到今。

吟诵着古人的诗句，感动着传说中的爱情经典。一首老歌《你在他乡还好吗》如同一瓶营养片，时不时拿出来咀嚼一番。聚少离多日子，总是意犹未尽地想起你，想与你一起度过的开心又短暂的日子，思念被写进日记收藏。

你是一个心地善良的人，去看你的那些日子，你知道我喜欢散步，不管你上班多忙多累，下班后我只要说想与你散步了，你从不忍心拒绝，总是陪我去我们常去的地方，去那长着许多苦楝树的公园，一直到走累了，你说回去吧，我依然孩子气地恋恋不舍，跟在你身后脚步拖拉不愿意回。那个时候感觉时间过得真快啊，幸福的小路总是那么短。

有人说沉浸在爱中的女人，脑子不够用，也不想多用，跟着幸福的感觉走，跟着心动的爱人走。常常一个人不知不觉的笑出声，常常对着一个地方出神或者发呆。常常脑子里放电影，屏幕上都是我们的过去。以前常听到人们哼唱《九百九十九朵玫瑰》，我没感觉，因为那个为我种玫瑰的人不在身边。那天我无意说起那首歌曲，你说你会唱而且自以为唱得还不错，你还说，等有机会要亲自为我种玫瑰，我听了竟然感动的泪流满面。能否真种不要紧，有此心足矣。

那天晚上，是我第一次喝酒，有那种“花看半开，酒饮微醉”的美妙，我被幸福包围了。我说喜欢德国诗人歌德的一首小诗“少年，我爱你的美貌；壮年，我爱你的言谈；老年，我爱你的德行” 。醉意中我鼓足勇气说出二十年来的第一句“我想你” 。你说听到我的一句“我想你”让你心怦怦跳半天，你说第一次听我说这句话，第一次看我喝酒，有些激动有些突然，按说心跳与激动已经不属于我们这个年龄，可能是因为我们相聚时间短，离别时间长，让彼此近乎陌生，初次听到只有年轻人才说的话让人有谈恋爱的感觉呢。我说以前是没时间说也没机会说，主要是不敢说，怕说出来让你多一份牵挂多一份担心，怕扰乱你的正常工作与生活，所以这句话珍藏了多年。窗外夜色如水，不知谁家的窗口飘来萨克斯吹奏的《茉莉花》，馨香在刹那间脉脉拨弄，我醉在氤氲的朦胧里。没想到当时浅浅的醉，留下今朝空空的惆怅在心房。

一个人散步，头顶一轮明月，皎洁明亮干净清爽，顿生“举杯邀明月，对影成三人”的孤寂与落寞。一首《车站》听了无数遍，曲调忧伤，委婉凄凉，总在忧伤里等待着幸福的再次泅渡。孤独的心循着远去的汽笛，追随那个坚实可依赖的臂膀。思绪随着音乐在流淌，刚刚分开怎又如此挂念？心中刚刚筑起的巢里不见了你的影子，你的气息早已融进我笃定的情怀。

古人说“两情若是长久时，又岂在朝朝暮暮” 。空中飘舞的纸鸢，仅凭那鸢尾一缕缠绵的彩线，就知道长线的另一头有一双素手在牵。远方的你，可知道家乡的窗口为你亮起的灯，可知道月圆的晚上那明亮的眼睛在眺望着北方？

微风吹过，吹皱一池月光，也送来缕缕清香，那是慵懒的睡莲，守候着千古的纯洁，此刻也盛开在这个夏夜的晚上。想起你曾说，我除了工作，心里只装你了。我暗自笑笑，心想，心的体积虽小但容量大，怎么可能只装我自已？不管是否真的装我自已，今生我只想能牵着你的手一直走下去，走到生命的尽头。

品味等待

等待是一种习惯，等待是一个过程。等待是幸福的，等待也是痛苦的。等待是心灵的相约，等待是思绪中平凡的信念

清晨，等待是东方的一片鱼肚白，不息的是那颗火热的心。傍晚，等待是天边的一缕晚霞，即使近黄昏也愿意永恒成瑰丽的彩云。等待是怀里那轮圆圆的月亮，抛去白日华丽的诗篇，只剩下淡淡的诗意连着思念的两边。

春雨在等待中犹醉，夏风在等待中缠绵；等的一双美目剪秋水，等的柔情似水融冬雪。

等待是青春欢畅的欷歔，是时光不再的嗟叹。等待是凝辉的晨露，是河蚌怀珠孕育出的璀璨。是憧憬是幻想是瑰丽的梦，是静守千年的碧莲。等待是当我想你的时候的一行清泪，等待是浇开九百九十九朵玫瑰的一汪清泉。等待是难诉的相思，是挥不去的思念。等待是脉脉拨动的心音，是昙花一现的惊艳。等待是横箫一曲的忧伤伴着心灵的感悟，是农舍上空袅袅升起的炊烟。

等待是令人备受折磨还愿意的期待，“梧桐树，三更雨，不道离情正苦，一叶叶，一声声，空阶滴到明”。等待是孤独生涯经历过的习惯，“衣带渐宽终不悔，为伊消得人憔悴”。等待是半夜发出的梦呓，是自生炉火夜晚煎茶的愁闲。是“宁可枝头抱香死，何曾吹落北风中”的孤傲，是美人迟暮帘卷西风的惋惜与哀叹。是那尊望夫石，在“终日望夫夫不归，化为孤石苦相思”里望眼欲穿。是深谷中纵然孤寂也散发着淡雅芬芳的那株幽兰。等待是飞舞的落叶，纵然生命短暂也不埋怨寒风的无情，寂寞中等待下一个春天。

一壶酒让等待沉醉，满怀情让等待苏醒。

等待是两情相悦时的欢欣，是感情迸发的痛。是激情四射的汗水，

是细语呢喃的朦胧。是心雨淋漓的畅想，是惊喜万分的激动。是驱车赶路的急切，是渴望相逢的脚步不停。是发出信息的焦躁，是切切叮嘱的心声。是不按时赴约的愧疚，是翘首以待的眼睛，等待是中年怀旧的梦，是老年不了的情。

等待是一种不断挑战自我不断战胜自我的过程。旅途漫漫，风景在成熟，等待也在成熟，与清风做伴与明月相拥。等待不是天平上锱铢必较的交易，一切都是心甘情愿的付出。等待让心灵的四季芳香四溢，等待让情感的牧场芳草萋萋。等待让幸福的厚度加深拉长，等待让蓝色的忧郁成熟成粉色的柔情。等待让时间化成书香，熏陶着焦躁的私心妒心邪心与野心。在等待中，心田也葱郁成祥和平静的风景。等待让心泉醇香，等待让自信骄傲一生。

这就是等待，它让你多了牵挂，多了担忧，也多了份幸福与甜蜜。等待折磨人耽误人，等待也锻炼人成熟人。有了这些，才让人懂得了等待的全部含义，所以才有了《等待的美丽》！

感恩的心

参加某单位举办的征文比赛获了奖。喜悦与激动溢于言表，先把喜悦心情电话传给女儿，以前，我的每篇文章完成之时，女儿总是先睹为快，也总是认真地阅读，然后给我找毛病。那认真劲，俨然一个小老师在批改学生作业。所以，从内心感谢我的女儿。

再告诉那些平时给我鼓励的人，将好心情传递。因为，他们的一句鼓励，一个肯定的眼神，对我来说都是动力。比如，诗人李庄曾严肃批评过我的文章套在某些人的框框里出不来，没有自己的风格。然后又耐心告诉我该怎么去突破。那次见面，他说“季春的散文进步不小，就这样写，好好写”。作家邢庆杰以前每看我的稿子总是不留情面地指出这里不好那里不对，他说“看你的文章就知道你读的书多，但并不代表你有才华啊。写文章就是要把生活中你认为有意义的东西用自己的语言加以修饰表达出来”。如今，从他肯定的眼神里，我看懂了什么叫“认可”，说实话，我从内心感谢邢老师的直言不讳。那次去武城，顺便去高艳国老师办公室小坐一会。高老师说“季春的散文有了质的飞跃，继续努力，好好写”。冯新华老师说，“季春之所以进步这么加快，就是因为她虚心好学”。所以，我感谢那些在写作上给我鼓励与帮助的人。他们不仅是我写作道路上的良师，也是我生活中的益友。

拨通朋友电话，电话那端“祝贺你，这在我们预料之中”，真诚又肯定。然后朋友又玩笑着说，“得了奖该请客哟”。我说：“行，想吃什么？请说！”豪气十足的俨然一百万富翁。又去了我们长聚的那家餐馆，吃完朋友抢先埋了单，说：“这次是我们几个为你祝贺，等你再得大奖时再请我们。”鼓励，还是鼓励，我没有理由不感动，只觉得感动浸润了双眼，继而湿了脸颊。

被某文学组织邀请去外省参加笔会，兴奋之余又担心。兴奋的是，又有机会结识一些名家，对提高写作能起到促进。担心的是，为配合太阳城大会召开，单位都在加班加点忙工作，我却出去游山逛景，有些于心不忍。犹豫半天，最后还是决定不去了。单位领导知道后，对我说“这次机会失去了，下次还有”。还对我说我以后不要轻易放弃每一次出门学习的机会，因为那是你的爱好。几句简单的话，让我感动了半天，还有什么比遇到一个理解自己支持自己的领导更让人感动的呢？

有一天，心情糟糕到极点。都说圈大人杂，林大鸟杂，莫名其妙被人误会，滑稽又可笑，憋屈又窝心。以前总以为自己心胸开阔，任何事情都能看得开，其实不然，几天来，情绪都糟糕在这件事情上，挣不脱放不下，叹息着，伤感着，心情便被寂寞缠绕。无意中想起十年前读到英国诗人兰德的诗：我和谁都不争，和谁争我都不屑。我爱大自然，其次是艺术……今天再读，竟读懂了诗人的超然与淡定，刹那间，心被敲醒。

打开电脑上QQ与几个朋友东一句西一句闲聊着。朋友说，趁着这秋高气爽，不如到郊外走走，顺便拍几张照片，大家一致赞同，随即三五成群相约去了碱河湿地。不知道谁唱起“蓝蓝的天上白云飘，白云下面人儿跑……”我大喊“错了错了，是马儿跑”大家哈哈大笑，俨然一群孩童，一路欢声笑语，一路车铃叮咚。一对新人在湿地拍照，让朋友过去帮忙，我说，这些孩子才多大就结婚？近前一问都二十六七岁了，我说怎么看着像小孩子啊？朋友说，不是他们小，是你心老了呢。是吗？一阵长时间的沉默，那一刻，感觉我的年华在沉默中突然就老去了。是啊，四十几岁的大姐被人叫姐姐，而我总是老气横秋地眉头紧锁，一副心事重重的样子，难怪人家问“你们俩谁大啊？”大家笑着逗着逼朋友说出保持容颜年轻的秘密，她说：“心年轻容颜就不会老啊！”一排大雁飞过，碧空如洗里，那片云不知何时消失了。

在凉风习习、月润如玉的晚上散步，无疑是一种享受。除了远处偶尔传来几声鞭炮声，只有秋虫在路边的草丛呢喃着。可能是中秋佳节，人们居家赏月或者出游了，往日散步的人络绎不绝，今晚竟少得可怜，一会的功夫，茫茫月色里只剩下我独自流连。“每逢佳节倍思亲”，想念着外地上学的女儿。第一次离家这么远，第一次一人在外过中秋，牵挂之情油然而生。拨通了电话，铃声在这寂静的月夜显得格外清脆，两声过后，女儿甜润的声音响在耳边，似清泉在月光里缓缓流淌。我按捺不住情绪的激动，对着电话嘘寒问暖没完没了。“妈，我在学校挺好的，刚开课也挺忙。我已经长大了，你就放心吧。”女儿还嘱咐我不要总是熬夜写文章，身体更重要等。听着这些从女儿嘴里说出来的话，我在幸福中沉醉了半天，女儿何时挂断的电话不知道，只感觉女儿才离开家几天怎么就突然懂事了呢？

曾经的风景

春天踏着不紧不慢的脚步走来，我嗅到春的气息。想起去年春天在郊区看到的那片白玉兰树。我抑制不住内心的冲动，心想，春天到了，白玉兰也该盛开了吧？午后，骑上单车直奔那里。

好久不曾到郊外行走，路两边拔地而起的大楼竟让人仿佛置身陌生地。如果不是疾驶而过的十八路车，真不敢相信这就是天衢东路。春天我们再去哪里拔荠菜，夏天再去哪里听蝉鸣，秋天再去哪里看枫叶，冬天再去哪里踏雪远行？

城市的脚步真有点像那路公交车，一路从西头经过数站开过来。在房地产鼎盛期，就连仅有的那小片麦田也被开发商征去盖了楼房，而且楼价涨到令人瞠目的地步。我不知道深藏心中的那片绿园是否还在？飞奔的公交车牵着我的目光远行，直到消失在拐弯处，也没看到曾经的风景。

走出好远，遇见一个扛着镐头民工模样的人，我打听那片树林，那人倒是热心，从肩上放下镐头拄在地上，一手按在镐头柄上端，一手指着前面说："呶，对面那个大高楼后面就是。"我疾步穿过马路，绕过大楼。那曾经的茂密葱郁的树林不见了，只剩下零星散落的几株法桐像拒绝拆迁的钉子户，在料峭春寒中守候着那含苞待放的玉兰树。我暗自庆幸，同时也担心不知道哪天突然失去她们的芳踪。

在这片苗圃四周，一栋栋高大建筑霸气地围绕着它们，站在这深的几乎见不到外界阳光的地方，一股压抑在胸口，我担心那生长在阴影里的白玉兰还能正常绽放吗？初春天气稍微见凉，我踯躅在片小天地里不愿意离开。一条恶犬不知道从哪里不声不响地窜出直冲我来，小时候被狗咬过，有点"一朝被蛇咬，十年怕井绳"，我赶紧飞跑，两条腿竟然不听使唤，人哪能跑过四条腿的狗啊，我还是被咬住裤脚，好在初春还穿着稍厚的衣服。心想这下完了，被狗咬伤还要打狂犬疫苗，听说狂犬病潜藏期是十五年，我荒唐地算计着十五年后我是多大年龄，女儿多大，父母那时候还健在吗。不知道为什么，狗好像被什么击中，嗷嗷叫着跑了。一个声音传来："好了，我就知道你会遭遇狗咬。"原来是那个扛镐头的人，他说："其实在狗撵你的时候，你不应该跑，路边这么多砖头瓦块，你拿起来打它就是，畜生这东西就是欺软怕硬呢……"

美丽邂逅

新年刚过，街上行人稀少，空气中还弥漫着烟花爆竹燃过的气味。走在街上，微风拂面，哦，立春了，应该是春风拂面。没有了冬季的严寒，多了些许暖意。

立于风中，看那烟花绽过后的碎纸散落巷口楼下，那是繁华过后的平静。颤抖的手伴着心跳将热切点燃，刹那间吐出丝丝火花，在遥远的余音里，短暂的绚丽竟也让我心醉，满目的期待与希望在辉光相映里，在欣喜与激动里，在劈劈啪啪中萌动苏醒。在老父老母孩子般的笑容里，在孩子们热闹的欢声里，我将佳节团聚的气氛用心收藏，等到青春过尽老眼昏花的时候，再打开来细细品尝。我想，那种当年的温馨与活跃足以慰藉暮年带给的苍凉。想起那年的国庆节，去南京探亲，在灵岩谷盛开的桂花香里，我收藏了一瓶桂花，春节时拿出，打开瓶盖，醉人的清香飘满屋子，浓郁了好久，慢慢地似游丝沁人心脾，至今让我回味无穷。

走在人车稀少的街上，仿佛挽着夜的臂膀。灵魂穿越城市的夜空，穿过灰色的高大建筑，顺着夜市的缝隙奔走。那家大型的洗浴中心门口，霓虹灯闪烁不定，像夜的眼睛，有着勾人魂魄的狐媚。几个着装时髦的女郎，嘴唇涂抹的娇艳鲜红，像初绽新蕾，又像刚吃完杨梅没来得及擦干净。霓虹灯下的双双醉眼，像迷雾天气里忽闪不定的红灯，妩媚深处是空洞迷离，单薄贴身的简体装让她们把寒冷遗忘。我无法选择合适的词语将自己的心情描述，只想她们多穿点衣服保护自己，以防寒冷侵袭。不知怎么就想到绽放的烟花，盛开时光彩照人耀眼夺目，繁华过后魂魄随之飘散，只留下满地的碎纸烂片任凭风吹远。

远处，几只谈婚论嫁的野猫借着燃放的烟花成双成对地游梭在树丛或者垃圾箱周围，伴随着几声发自原始的低吟，那充满野性与不羁的欢情在这个夜晚放纵，如同夜空里不可阻挡的无休无止的爆响。也可能万物之间本来就是一场爱恋与约会，或者说是一场相聚与别离。多姿多彩的生命，最终会回归一点，或曲径通幽。就像春夏的交替，经过朝气蓬勃的生发过程，将收获谱成一支轻巧曼妙的曲子吹响在金秋。

收回放远的思绪，视线被对面店铺里的画面所吸引。那对新婚夫妇，笑脸被高挂的红灯笼映红，欢成柔软的花儿，嬉笑着窃窃私语。听不见的耳语里肯定注满了款款深情与甜蜜，羡慕着他们的这种默契，甚至有些妒忌他们的缠绵，我用相机将他们的幸福定格，相机的闪光灯惊扰了他们，同时回望，两张有些羞涩幸福又红润的脸。那画面如春风，撩动起我心底的敏感。

曾经幻想过一种美景：一个善意的眼神，一次美丽的邂逅，一种纤尘不染的情操，如溪水般柔滑，抚平起皱的心；又似纤纤细指拨弄古琴丝弦，忽热烈奔放，忽深挚缠绵。我竟然也触及那曾经遥不可及的感觉，放心大胆地将繁冗琐事抛到九霄云外，让圈养的心在朗朗乾坤里神游，然后将缠绕的枝蔓深埋，等待春暖花开。

第五辑

茶韵悠悠

心　　路

心路平坦，没有羁绊，也没有负担。不必在乎俗风会将我的衣袂吹向哪边。

退去一个季节的臃肿，迎来另一个季节的丰满。拂头的柔枝，似纷披的思绪，轻舒着一个季节的绚烂，任波光在春水般的双眸里流转，任青丝缠绕柔肠相牵，我是那么的喜欢，我发自心底的称赞。喜欢柳的柔韧，更喜欢柳的随遇而安。远离喧嚣与尘染，宠辱不惊。在掌声中冷静，在批评中自检。

心路迷惘，那条通往神圣殿堂的大路，何时变得逼仄，进出成一个人的宽度。不断有叫不上名字的异物飞进飞出，分不清是促进和平还是制造祸端。霓虹闪烁的舞台，一场戏的落幕，是另一场戏剧的上演。疲劳了美感，影响了视线，枯槁了心情，憔悴了容颜。我不知道抽身与转身的距离到底多远。

曾经给心腾出一方空闲，装饰打扮，将心愿与祝福装满，任其蓬勃任其灿烂。没等分期分批送出，躁动的欲望与纷杂的关系令人迷茫，本应相亲相爱的群体，何须相煎？

心路开朗，似澄清的湖水，波光粼粼妩媚潋滟。正如没有脂粉扑就前的素面，清新自然。佛家说，相由心生，境随心转。当你内心转变，神情也会流转，潜移默化的气质，会把心路照亮拓宽。期待有一天也成为哲人，用哲人的思维去思考去判断。让自己哲思满腹，理性从容，在浮生中偷闲。

心路飘香，初开的菡萏，婷立于碧波之上，生机盎然。喜悦溢满池塘，碧荷映衬红莲，袅娜质朴。谛听花开的声音，似灵魂流淌。淙淙如玉振，叮咚环佩声。在淡泊宁静中，在谦逊平和里，一份悠闲散步的惬意，一份从容喝茶的优雅，一份与文友结伴出游的兴奋，还有一份欣赏名人字画的喜悦。当一颗心摆脱了世俗的滋扰，你的精神就会回归了自然。

心路坦然，没有熙熙攘攘的名利之争，也没有失之交臂的遗憾。没有挤对，没有迷惘，只有延伸的希望和闪光的理想在召唤。挣脱思想的桎梏，突破精神的藩篱，做一只自由飞鸟。抬头是湛蓝的天，俯首是金黄的田。放眼母亲的菜园子，篱笆上，紫色的扁豆花开得正艳。红的辣椒、黄的玉米，丰收早已将季节缀满。 将我的所思所悟舒展在铺开的秋天，滤去夏日的浮躁，沉淀一首艳而不俗的小诗，为金秋唱晚。

锦绣川抒怀

一个人漫步锦绣川，柳荫下的遐想也长出翅膀，阳光极力透过柳丝照的眼睛睁不开，主要是我不愿睁开，愿意沉浸在往日的回忆里，任回忆在梦境里纵横驰骋。匆忙赶路的人们，眼神中充满好奇，有疑惑，有不解。我却无暇顾忌这些， 那种雨天的闲散心情不是谁都可以拥有的。

细雨如丝，它总是趁人易感的时候潜入你心底最敏感的部位，不知不觉竟让我编织起梦想的花篮，来装“勿忘我”“红豆”还有“忘忧草” 。满篮子的清香竟让我陶醉，随即将我的白日梦也安放在篮子里，让花香浸润 。也知道早已过了做梦的年龄，也知道那个曾经“为赋新词强说愁”的年少时代一去不复返了。为何总有旧梦悄临？为何又让人梦成真又恍如还似梦？就像胸前佩戴的美玉，接受着身体的温存，同时又让肌肤尽享它的温润？

一场秋雨竟然缠缠绵绵下了一天一夜，雨后的池水漫平了荷塘，几乎与荷叶在一个平面上。荷来不及伸直腰杆，就被水将叶片托平铺满水面，不细看真以为是一个荷叶铺成的平地呢。几只野鸭悠闲在叶面上“胜似闲庭信步”。岸边散落着垂钓的人，十里长堤依依垂柳犹如一幅江南水墨画卷，不知是谁浸染它一身的清丽？又是谁把缱绻的深情遗失在画中？有箫声从远处传来，循着声音觅去，彩虹桥下，河水东岸，透过葱郁蒲草，一白衣女子临水而立，声音出自那里。不免想起《诗经》里“蒹葭苍苍，白露为霜，所谓依人，在水一方”，其景如梦似幻，其声如沉淀了千年的旧韵，令心海碧波泛漪。

多年养成早起的习惯，早晨起来第一个问候的就是你，就连一池碧莲也妒意嘘嘘，纳闷为何多情的女人会钟情与你？每天漫步在你的怀里，寻寻觅觅走走停停地抱怨知己难寻，“众里寻他千百度，蓦然回首，那人却在灯火阑珊处”你不就是最真最近的知已？在我面前，虽然你的容颜随四季轮回不断变换，可一成不变的是容纳我全部感情的胸怀，你实在的感情不加任何掩饰，正如那河水坦荡地流，马兰无私地吐着幽香，我喜欢你雕琢不多附会也少，清新又自然的本色。

倚在柳荫下，面对宽阔的大片水域，竟也生出大海一样的深情，在碧波荡漾中，静看水中双桨徐起的划桨女子与坐在一旁专注她的先生，那半遮半掩的羞涩，牵着先生的目光，她们是否是范蠡与西施泛舟遗留在水上的一道风景？长堤下牵着手漫步的男男女女，那石凳上的黄昏恋情焐热多少孤寡老人的冰凉。从清晨到黄昏，从花开到花瓣合拢，一直到夜幕迷魂的星空，青春与激情依然清醒着。那种置身景外的趣味与心情要比自己置身其中有意思的多了。

茶韵悠悠

客来敬茶，自古以来是我国人民热情好客的礼俗。在现实生活中，不管家庭殷实与贫穷，不管居室华丽与简陋，家里来了客人，首先沏一杯热茶来招待，即表达了对客人的尊重，又表示以茶会友，谈情叙意的至诚心情。当热气腾腾的茶水被客人捧在手里的时候，那感觉比喝蜜还要甜。以茶待客是祖祖辈辈相传，是家家户户耳染目睹，是潜移默化到血液里的礼节与真情，它浓缩着关爱，它渗透着体贴。

近几年来，随着人们物质生活的提高，人们也开始注重精神生活的享受，对喝茶也开始有了讲究，品茶也成了修养与品位的化身。从开始的解渴到养生保健，从源远流长的茶文化到修身养性，演绎着从喝到品的过程。唐代的陆士修《五言月夜啜茶联句》中谈到“泛花邀坐客，代饮引清句”。宋代杜耒《寒夜》中的“寒夜客来茶当酒，竹炉汤沸水初红”至今仍成为人们用来敬茶待客的佳句。

茶人喝茶注重品。品茶有讲究，一杯茶分三口喝，一口为试茶温度，二口为品茶香，三口即为饮茶。碧螺春的清香甜润，云雾茶的香馨浓厚，龙井的馥郁甘甜，尽在不言中。卢全的《七碗茶》诗将喝茶的好处描绘的生动，透彻无比。“一碗润吻喉，两碗破孤闷，三碗搜枯肠，唯有文字五千卷，四碗发轻汗，平生不平事，尽向毛孔散。五碗脊骨清，六碗通仙灵，七碗吃不得也，唯觉两掖习习清风生”。

喜欢上喝茶还是二十年前。那时候刚上班，同办公室的老许每天上班都要泡一杯浓茶，顿时，茶香弥漫整间屋子，看他喝得有滋有味，还不时咂摸嘴，心想，有那么好喝吗，还喝得这么夸张？也许是茶香的诱惑，也许是好奇，我也泡上一杯。第一次喝，发涩；第二次，微苦中有丝丝甜；第三次再喝，清香在口鼻飘荡，甘甜在齿颊间流淌。从此，茶成了我生活中必须的饮品。

宁静的夜晚，泡一杯香茗，从那氤氲升腾的清香中看茶起茶落，看叶片慢慢舒展，任清香弥漫房间，在从容中体会一份清闲。啜一小口，忘却那些无端生出的幽怨；饮一大口，冲淡白天膨胀的欲望，沉醉于心灵深处的那一方桃园。让自己沉醉在茶的芳醇中。那源于执着的难过，那生活中的是是非非，工作中的起起落落，都随着徐徐升腾的茶雾消失的无影无踪。端起茶来，仿佛是喝的由感动而凝成的泪水，尽管那滋味开始有些涩有些苦。茶的滋味，生活的滋味，穿透我肺腑，注入我的灵魂，我品味了到属于自己的那份幸福。

如果说酒是一团火，那么茶无疑是一味清凉剂。生活中有因为饮酒生事端出事故的，没有说因为喝茶抡茶碗翻脸打架的。酒容易让人冲动不记后果，茶能让人清醒冷静理智对待人生。与茶为伴，在不经意间，你的灵魂就被注入纯洁与激情，看天天也蓝，看水水也清。茶是世间最无私，最无欲的生灵。它的一生只有奉献，正是因为茶的真情真性，才被看成素质修养品位的象征。

有人说，茶像友情，越喝越浓；也有人说，茶像解忧的丹药，在你焦虑急躁，剑拔弩张时，只消坐下来喝一杯，即可化干戈为玉帛，毕竟甘甜纯美的力量神奇啊。我说，茶像知己，它容纳了我的喜怒哀乐，不离不弃地伴随着我的生活！

令人感动的人和事

深冬的早晨，北风夹着雪片袭来。在早市，一个蓬头垢面的乞丐上身披着一件破棉衣，下身光着，身体隐私部位裸露着。几个过往的女性斜睨着那乞丐匆匆而过，眼神里满是厌恶与鄙视，嘴里还不停地嘟囔着

"谁家的傻子在大街上丢人现眼，这种人活着还有什么意义？"这时，一位四十左右的大姐在附近卖棉衣的小摊上与摊主讨价还价，她要买一条二十五元一条的棉裤。看样子这位大姐身上只有二十元了，摊主少二十五不卖。大姐说："你先把棉裤帮我给乞丐穿上，我家就在附近，我回家给你取钱。"摊主惊愣，说："大姐，你认识他？""我哪认识他啊，你看看他冻的那样子多可怜啊！""哦"摊主沉吟半刻，说："就凭你心眼这么好，那就二十元吧，我不挣你那五元钱了。"乞丐穿上棉裤后，对着大姐傻笑着，还不停地作揖。我在想，谁说傻子没有知觉不知冷暖啊，在这寒冷的冬季，穿上棉裤的他身心一定都很温暖吧。傻子苟且活着，他不懂生命的意义，而我们这些健康明智的人呢？作家林清玄说过，"活着的意义就是使自己每一天都有一些心灵与智慧的增长，每一天都对世界有一些贡献与利益"，大姐的行为不正是对生命的意义做了最好的诠释吗？

生日那天，母亲叫弟媳妇做了手擀面送来，在电话里千叮咛万嘱咐，叫我别忘记吃面。我笑笑说："我还年轻着哩，过什么生日啊。"母亲用不容置疑的口气说："面条代表长命百岁也代表平安，必须吃。"从记事起，每到生日，不管生活条件多艰苦，母亲都会擀上长长的面为我们祝贺，盼望我们能健康成长。如今，她的几个儿女都为人父为人母，个个健康充满活力，每当我们齐刷刷站在她面前的时候，母亲总是笑眯眯地检阅着她的孩子，那神情就像将军检阅他的部队，眼神里全是关心与疼爱。望着母亲慈祥的面容，总有股股暖流涌遍全身，心海也荡漾起幸福的涟漪。想想自己也是做母亲的人了，且已人到中年，仔细想想，人生幸事还有什么比上有父母亲疼着下有小女恋着更令人幸福和感动的呢？

生活需要赞美

每晚散步总喜欢去街口听一会儿歌，不是去唱，只是去听。他们不是专业歌手，尽管有时候还唱跑调。只是喜欢去感受那种气氛，还有他们那种不怕酷暑严寒的热情。只要一晚不见他们踪影，总觉得夜景中少了些什么，心中也有些失落。

这些歌唱者都是一些退休在家的老人，他们唱的都是五六十年代的老歌曲。有些歌我听过，但不会唱，倒是他们那专注忘我的神情让我感动。听他们中的人说，每周一到周五是合唱，其余两天是独唱。那天正好是周六，一位戴眼镜的老先生一首《送别》唱得深情款款，饱满的热情与浑厚的男中音，让人以为出自专业歌手。

生活中的送别有千百种，不管是父母送子女求学，还是妻子送丈夫出征，还是恋人之间的小别，牵挂难免，嘱托难免，更多的是分别后的祝福。

紧接着是一位阿姨独唱一首《珊瑚颂》，她由开始的情意绵绵化作后来的泪流满面。那些歌声像是经历了世事的沧桑与变故，委婉动听，缠绵又动情。我在想，可能是歌曲中的内容触动了她深藏多年的感情，或者勾起了她年轻时的回忆才情不自禁吧。攀谈中我才知道，这位阿姨是某部队一名老军医，退休后随老伴来本市定居。她说：我喜欢唱那个年代的歌曲，那些歌声让我回忆起往昔的某个场景或某种心情，还有对那个年代的留恋，印象虽然遥远但纯真。

她说：我这一天一天的生活可充实了，老伴喜欢下棋，白天我陪他在家下棋，照顾他的饮食起居，晚上的时间就属于我自由支配了，我喜欢唱歌，晚上出来唱唱，不但提高肺活量，就算白天有什么不愉快，唱唱歌心情就好了呢。后来才知道，她与现在的老伴是后来结合到一起的，她说她与后老伴相处很和谐，他的儿女们对她也很孝敬，她也从内心把他们当成自己亲生的。人都是感情动物，尊敬与谅解都是相互的，一个家庭或者一个团体，只有相互尊敬相互谅解才能和谐相处啊！说这话的时候，阿姨一脸的自豪，满心的自足。

“尊敬与谅解都是相互的”，多好的话，多简单的道理，这让我想到生活中，有多少人需要我们去尊敬，还有多少人需要学会尊敬他人呢，从阿姨那开朗的性格，以及对生活的热爱与对人生的态度上，不难看出，她对老伴前妻的子女们肯定也是怀有一颗慈母心呢。

一位离异后独身的大姐，多年的独居与独处让她的性格脾气有些孤僻。见人一副愁眉不展的样子，没有人喜欢与之说话，更别说来往。暗地里人们都说她是“丧门神”“苦瓜脸”。

这天，与她相遇一家服装店，看她在试穿一件咖啡色上衣，白皙的皮肤，加上粉红的丝巾，倒也多了几分妩媚。店主夸说，那件衣服简直就是为她准备的，她听后，竟然绽开一丝微笑。可能看习惯了她冷若冰霜的脸，咋一看到展开的笑颜，还真是挺灿烂的。我不失时机地夸她笑起来真好看，她脸颊顿时绯红起来。从那以后，每次见面总是呈献给我一脸阳光。

一句赞美简单，但往往蕴含着博大的力量，它既能让自己感受到生活的美好与快乐，也让他人拥有内心的满足与自信，并以足够的信心与智慧迎接人生路上的风风雨雨。

对人多一些赞美吧，它不但会温暖一颗孤寂的心灵，也会给人一份生活的勇气与信心，自己还会收获一份微笑，一份来自对方的好感。

那些被小雨打湿的记忆

闲暇时候，喜欢喝茶看书听音乐，最惬意的事情就是凭窗听雨。茶能把水泡浓，把心情泡淡。书，能让你在默默中交流，在默契中沟通。书就像一面镜子，能照出人的才智与灵魂。又像一位哲人，与潜移默化中，陶冶性情。有人说，人若不食，则胃饥，人若不读书，则心饥。又有谁愿意自己的心灵干渴饥饿呢？

最喜欢的是凭窗听雨，情趣无限，让人浮想联翩。

春雨纤寒，东风犹醉。窗外雨声滴答，听着竟然生出无限遐想，听小雨淅沥，把心扉敞开，夜深人静，把自己圈在自己的小世界，把仅有的那点小爱好放出来，任思维尽情发散。想起三年前，当第一篇文字变成铅字的时候，那兴奋那成就感。飘然之余，突然就想到高中毕业那年高考落榜，在我意志消沉，情绪低迷的时候，考上的同学对我的鼓励与安慰："你语文基础好，作文又写的那么美，多看些名著练习写作吧。"就在那刻，一颗种子，在爱好与鼓励中破土、发芽。去年，当年那位同学无意中在报纸上看到我的名字，信息随即发给我"我就知道你一定能行"话语虽不多，但其中包含了多少赞叹与认可，我看着信息感动了好半天。随后就联想着有关被小雨淋湿的诗篇，多情的诗人有"小楼一夜听春雨，深巷明朝卖杏花"的遐想；迟暮的美人"雨中黄叶树，灯下白头人"的幽怨。我在想，能够凭窗听雨追忆那些曾经的往事也是幸福，我为自己能亲近自然，能感受自然而欣慰。听人说，南方的雨最为多情，下的长久，缠绵而纤细，就像南方少女的爱情，多情，含蓄，羞羞答答。曾在徐志摩的"那一低头的温柔，恰似水莲不胜凉风的娇羞"里，看见江南女子的至真至纯至善至美。我渴望有一天去江南感受那冗长持久的小雨，也渴望一睹江南女子的俊俏容颜。一直就梦想着有那么一天。

夏日，雨声滴，翠荷摇，动情娇柳也在绿肥红瘦的情怀里伸展慵懒的腰肢。我愿意赤脚走在夏雨淅沥的柏油路上，任水花溅在裤脚，听雨点打在伞顶，由滴答滴答的声音联想到“二泉映月”又联想瞎子阿炳，从而想到阿炳那短暂凄美的爱情。一弯皎月，一脉清泉，一叶扁舟，一把二胡，不绝如缕的旋律，让苍天大地都为之动容。我会为之流泪为之叹息，甚至渴望阿炳的爱情能如夏天的小雨，虽然来去匆匆，却可痛痛快快爱一场 ，也让“不曾天长地久，但求曾经拥有”画个圆满的句号。

想到十八岁萌动的青春，那本课外书与曾经让我动了感情的文字。为那本被母亲糊墙的书上，一个人随手写的几个符号而伤心哭泣，以至于好久与母亲处于冷战状态。幼稚又羞涩的思恋就这么被淅沥的小雨打湿着，单纯又执着的情感就这么被岁月堆积着……文字虽早已化作风逝去，但又怎能忘记年少时候的岁月青葱？

秋天的雨不下便罢，一下就没完没了，用庄稼人的话说，秋雨就像秋傻子，下这种雨时不响雷，也不刮风，雨丝不粗不细，不停不歇，傻乎乎的就是下，让人厌倦让人凄凉。透过秋天的雨丝，想到雨后的秋水长天，中秋的阖家团圆；想到李商隐的“何当共剪西窗烛，却话巴山夜雨时”里敞开苦苦相思的情怀，让思念的感怀在雨中萌发。

思念小时候在爷爷的脊背上，听着童谣入眠；思念离去的婆婆每到周末特意为我做的手擀面；思念那书信往来的年代，远比现代直接电话而来的含蓄来的令人心动。眼巴巴盼望邮递员的影子，盼望那清脆的自行车铃声响在门前，随着一声“有你的信”，轻快迎出，激动与喜悦荡漾心间。秋天的雨丝，把燥热的心洗礼。

不齿于整天埋头在喧嚣的尘世中，随波逐流地彰显着人性的弱点，真诚被视为幼稚可笑，不得不把真情隐瞒。思念那曾经被人嘲笑被人视为一根筋的固执，只好装聋作哑也不愿意随波逐流把自己改变。好久不曾梳理自己纷乱的思绪了，竟有些不愿意回到白天的世界，只愿小雨洗礼过的心境，无风也无尘。

冬天的雨在北方很罕见，倒是那傲雪的梅花，与素雪晶莹中坦然开放，任凭风云变幻，孤独地守望生命中的春天。最终守来了清泉汩汩流淌，守来了大地春潮涌动。就像爱情，没有那一刻的心动，怎么会如此发疯？从而也想到这一路走来尽收眼底的四季风景恰似一首随想曲，那是生命律动的天籁，那是灵魂演奏的琴音，悠扬中飘香着人生的滋味。

梦想着自己正步入“生如夏花之灿烂，死如秋叶之静美”的诗意人生。从内心感谢那些帮助过我的人，感谢那些给我鼓励的人，让我有机会表达一颗对生活的感恩之心，对未来的乐观态度；也感谢春花秋月给我创作的灵感，感谢相思的红豆与缠绵的落叶勾兑一汪情愫，萦绕溢满我生命的每一季风景。就这么想着，这么感动着，任泪水悄然滑落，湿了脸颊，湿了心。

男儿有泪

他是村里一个远房哥哥，他八岁那年，父母相继去世，从此，他成了孤儿。

他与我家住邻居，我母亲是个善良人，我们家如改善生活，母亲总是会多做出一些，然后让哥哥端上一碗给他送去或者叫他来我家吃。他从小就不爱上学，而且是有名的一年级万岁。他比哥哥大两岁，哥哥上学时候他一年级就蹲了两年，最后，才勉强跟着念到五年级。听哥哥说，他上学时候经常不是丢书就是找不到笔，每次发了新课本他就用小刀把书页划成一条一条的，他还学老师说“读书破万卷，下笔如有神”，仿佛只有这样他就可以写出好作文了。别看他学习不好，但手特别巧，上课别人在写作业，他却偷偷用木头刻手枪，刻出的枪像真的似的，经常有男孩子跟在他屁股后头央求他给自己也做一把枪，而他也从不推辞，做到人人手持一把，他成了村子里的孩子王。

他很有号召力，村子里的半大小子没有不听他的。在那个经济匮乏的年代，秋天到庄稼地偷地瓜烧玉米烤黄豆吃是他们常干的事情。他还装模作样地给大家开会，说：“不管偷到谁家的地，谁也不能心疼，要发扬大公无私的风格，到家谁也不许告诉家长。”吃完后，他让大家到河边把嘴上的黑灰洗干净，然后装作若无其事的样子回家。

到了晚上，有人拍着腿从村东头骂到村西头的时候，人们才知道，准是那家的玉米或地瓜被人祸害了。他从来不轻易流泪，听哥哥说就那一次，与村里的一个孩子打架，那个孩子的母亲骂他没爹没娘没教养的野孩子的时候，他跑到他父母的坟上哭了一天，嗓子都哭哑了。从那以后，他好像突然就长大了，很少再打架。

八十年代末期，村子里大多数人家都脱贫致富了，只有他家还穷得叮当响。自然，也没有姑娘愿意跟他，他成了村里的大龄青年，那年，他二十七岁。冬天，他随着村子里的建筑队去了天津。听母亲说，走的那天早晨，父亲给了他二十元钱，二十元在这个年代微不足道，甚至不够一个小学生一周的零花钱。但在那个刚刚脱贫的年代，二十元对一个孤儿来讲，就是千金难买的浓浓深情，这份情包含了多少关心与挂念，包含着多少希望与祝福啊。母亲烙了好多葱花油饼还煮了咸鸭蛋，对他千叮咛万嘱咐，到外边后要好好做人好好学本事，将来能娶个媳妇，那样他死去的爹娘在天之灵也安心了！那天他流泪了。

到了天津的第二年他就改名换姓做了人家的上门女婿。几年后，他带着一帮人成立了自己的建筑队，听说天津的好几个居民小区的楼房都是他们那个建筑队承包修建的，楼的质量也是首屈一指。就在他岳父岳母去世的第二年，他毅然把天津的家产处理掉，带着一家四口搬回老家。

那是个周末，他听说我们回去了，特意让女人做了满桌子菜招待我们，哥哥笑着给新嫂子开玩笑说：“他一个穷光棍，你跟着他图他什么啊？”她说：“他英俊.、实在、心眼好！”他英俊吗？真有点，记得那年母亲把表姐介绍给他，妗子叹息着说，这么精神的小伙子就是家里太穷了，我不能把女儿往火坑送啊！他实在吗？我觉得实在。当年父亲给他的二十元钱，那份情在他的心里重于泰山。他回来后，我们不在家，他像儿子一样伺候在父母身边，每到年来月到的，总也忘不了买上父亲喜欢喝的酒，然后爷儿几个有说有笑地喝几杯。我知道，他是在用行动诠释着“滴水之恩涌泉相报”。他心眼好吗？我也觉得好。他在天津的时候也积攒了些钱，回来后，在鲁西北那个偏僻的小村子里也成了首屈一指的富户。平时不管谁家有事急需钱用，只要开口借到他门上，他从没有推辞过，多少都让人面子上过得去。听说那年村里修路，他还无偿拿出两万元帮村里买了砖铺街道，从那以后，我们再开车回家，再也不怕下雨天进不去出不来了。

沉浸在往日的回忆里，心情竟有些沉重。那天中午，他喝醉了。他说，异乡的金窝银窝也不如家乡的土窝温暖啊。都说男儿有泪不轻弹，他压抑了多年的思乡情感终于如山洪暴发了，他哭得一塌糊涂。那哭声里包含着这些年一人在外寄人篱下的辛酸，让一个男人改名换姓的自卑与无奈；包含着每到过年过节想念家乡的孤寂与落寞。那是落叶归根后的喜悦的释放与流露。就像漂泊在外的游子，遭受世间的坎坷后陡然遇见亲人后的诉说。

杯杯愁绪饮尽，饮不尽的是对怀念家乡怀念故去亲人一种回声无垠的呼唤。不免想起一首歌曲《父老乡亲》中“我生在一个小山村，那里有我的父老乡亲，小米饭把我养大，风雨中教我做人，临别时送我上路，几多叮咛，几多期待，几多情深，啊！父老乡亲，树高千丈也忘不了根！”

天有不测风云，人有旦夕祸福。好几年没回老家过春节了，去年回家过春节，母亲催促我们兄弟姐妹几个去看看他，母亲唉声叹气地说：“这孩子命怎么这么苦啊，偏偏就得了要命的病，壮壮实实的一个人瘦得不成样子了，这两年光治他的病家里的钱就折腾的没剩多少了，你们几个去了能帮衬多少钱就帮衬多少吧。”

我们一进门，女人眼圈先红了，倒茶的时候偷偷抹着眼泪。她说他常常半夜疼醒也不让止疼，还说打一针这么多钱，还不如省下钱留给她以后养老用。他牵挂着她，他说他死了后她怎么办，俩孩子还没有完成任务，留给女人的担子太重啊。

他说她跟着他这些年不容易，在天津时候，他常常帮那些打工的老乡找工作，还留他们住宿吃饭，还把自己的旧衣服送给那些家庭条件不好的打工老乡，为此，岳父母极为不满，说“我们家不是慈善机构”，并警告他，再带人回来吃住，就连他也撵出去。可是他依然我行我素，终于被岳父母赶出家门。

是她毅然放弃富足的生活，与他一起逃离家庭，吃咸菜住窝棚熬过来的。他说他舍不得走，他与她还没过够，他紧紧攥着妻子的手，生怕一不留神妻子会消失，无望的眼神里充满留恋与不舍，浑浊的泪水顺着枯黄的脸颊缓缓滑落……

深秋的黄昏，在悲情的唢呐声中，一片枯叶落了，永远与大地为伴。一缕孤烟，伴随着夕阳仅剩下的一抹凄艳，孤寂地远行了。

品味淡泊

一直很欣赏某书法家的字，终于如愿以偿，有幸求得一幅《澹泊》，我如获至宝，挂在书房最显眼的地方。打开字典逐一查阅这四个字的含义：澹：安静，泊：停泊。就是不追求名利才能使志趣高洁的意思。

“澹泊以明志，宁静而致远”源自诸葛亮的《诫子书》。真正的意思是：以静思反省来使自己尽善尽美，以俭朴节约财物来培养自己高尚的品德。不清心寡欲就不能使自己的志向明确坚定，不安定清静就不能实现远大理想而长期刻苦学习。

其实，生活中有好多这样的人，他们衣着简朴，做人低调，甚至甘居卑微。他们对社会索取的少，在平淡中创造出伟大的成就，丰富着我们的世界，净化着我们的心灵。

古希腊的苏格拉底 ，一生过着艰苦的生活。无论严寒酷暑，他都穿着一件普通的单衣，经常不穿鞋，对吃饭也不讲究。他一生有很多追随他的弟子，他可以收取很多学费，也可以有很多钱，但他似乎没有注意到这些，只是专心致志地做学问。还有一代高僧弘一法师，出家前的弘一法师家财万贯，风流倜傥。但是在绚丽之极却归于平淡，他远离尘世，一心向佛。

并不是他们不会享受富贵荣华，而是这种小富小贵吸引不了他们。他们身上凝聚着非凡智慧，潜藏着高尚的情怀。他们远离诱惑，远离喧嚣尘，他们把世俗的欲望收敛，把生命中最强的力量用在耕耘自己的心田上。

喜欢“淡泊”这两个字。我临摹它的形状，体会它的内涵，一切烦恼与不如意在浸润中悄然释怀。想想自己很早就有过“爬格子”的爱好，近几年也结识了不少省级国家级的作家。受他们的影响，也发表过一些称为文章的东西，还为自己加入了市作家协会而自豪骄傲了一阵子。渐渐地，当别人的文章深度与广度让我望尘莫及的时候，我开始怀疑自己的爱好，感觉自己的水平有限，实在愧对“作家”这两个字。

也曾想拿出时间专心写作，但面对繁忙的工作，即将高考的女儿，还有需要照顾的年迈父母，只好三天打鱼两天晒网，有时候几个月也写不出一篇像样子的文章。虽然没想在写作上有多大成就，但是对自己的文章能登上省级乃至国家级版面还是怀着极大的期待。

曾一度沉迷于来来往往的人情世故中，等识得这热情背面的世态炎凉，才知道自己并不适合这种周旋。纷繁复杂的人际关系，让自己在心理上承受着一种压力。清代文学家李渔提出退一步养生法，“所谓退步者，无地不有，无人不有。想至退步，则乐境自生”。退一步养生法与淡泊的心境何等相似啊。人总不能被无谓的交往所累，如果交往成了负担，就失去了生活的乐趣，哪还有心情去读书写作？只得拖着疲惫的身躯回到蜗居的寓所，只为给自己一个思考的空间，回归心如止水的宁静，在心田上静心耕耘。

有多少个不眠之夜对着那副字出神，任思绪在散淡简明的心境里放飞。撑一叶扁舟，驶进想象中的武陵桃园，与黄发垂髫怡然并乐。在陶渊明的“采菊东篱下，悠然见南山”温润清逸的自然之风中，独酌一壶小酒，默默地喝，静静地品，恍惚间，那份怡人的朴素与淡泊让我心生感动。

人有了“淡泊”之心，才有了清高而不孤傲的高雅与洒脱，才有了“难得糊涂”的真情相约，才有了醉倒唐诗里的千般风情，才有了沉浸宋词里的万般潇洒、静坐窗前听雨的闲情逸致，纵然是孤灯影单也让人沉醉三分。沏一杯香茗，在茶烟袅袅中去感悟雨的生命，解读雨的语言，聆听如箫悠扬如埙凄婉的天籁之音。才有如梅“俗紫凡红终避舍，不妨自向雨中开”的脱俗与超凡；有如莲“卷舒开合任天真”的自然与本真；就像爱情，需要用心去经营，不必去计较那些频繁的电话来自何人，只要对方爱你就够了。因为，爱情本来就是在甜蜜的折磨中交流的。它经不起滚滚红尘的熏染，也负不起物欲权欲妒意之重，因为那是接近生命本质的情怀，掺不得半点虚假。只有剔除敏感，留得纯真。在一半清醒一半醉里，采摘属于自已的那瓣馨香，当微笑灿烂成花朵，梦想也会成真。怀有澹泊之心，也就拥有了知足的心态，健康的身心。

曾经抱怨手头工作太累，每天按时上下班，还要遵守严格的工作纪律，而且工资并不像自己想象的高。那天，站在阳台上，无意中被对面盖楼的民工所感动。凛冽的寒风中，他们站在十几层高的脚手架上砌砖垒墙，挥汗如雨着。吃饭时候就势蹲在路边，一人一碗大锅菜，手掐几个馒头，有说有笑的，吃得那么香，笑得那么憨，一脸的开心与知足，寒冷也在热气腾腾的笑声里被赶走。想想自己在冬暖夏凉的环境里工作还不知足，不免感到汗颜。

不知道谁说过“人家骑马咱骑驴，回头看看挑担的，比上不足比下有余”。是啊，只有淡泊的心境才能生出这样的满足。在自己为工作不满意为奖金多少而烦恼时，去看看那些因为没有工作而苦恼奔波的人群。在自己为柴米油盐的琐碎而不耐烦的时候，想想世界上平均每天有近万人死于饥饿，还有几百万人缺衣少食瘦骨伶仃。

所以，只有怀有一颗平淡的心，才有着一份不被负面情绪左右的乐观与自信，才不会被金钱所劳役，不为地位所差使，不为名利所拖累。才不会对穷困者横眉冷对，也不会对权势者笑脸相迎。就算人生中有诸多不如意，只要去除心灵上名利的行囊，就会无欲一身轻。

女人需学刘三好

——电视剧《宫心计》观后感

前些日子观看了电视剧《宫心计》，女主人公刘三好让我印象最深刻。她温柔贤淑，心地善良，轻名利，重情义，有同情心。她知恩图报，富正义感，遇困难不退缩，在为人处世上坚守母亲死前的遗训“说好话、做好事、存好心”。

说好话，谨闭方便之口是关键。说话过多，不但会影响情绪，还让人烦躁不宁。生命中没有非要得到的东西，生活中也没有值得非要去传递的信息，值得花费邮资去传递的信息多半是你生命最重要的牵挂。俗话说，食多伤胃，话多伤人。不利于团结的话不说，搬弄是非的话不说，故意捎话传话或断章取义改编别人内容的话更不能说。沉默是金，少说是银。

做好事，不做损人利己之事，更不做伤天害理之事。不存害人之心，有正义感。做个“和事佬”比“长舌妇”受欢迎。不管生活或工作中，邻里之间同事之间以及朋友之间，经常打交道，没有勺子不碰锅沿的，偶尔产生矛盾与误会也在所难免。作为第三者，两边传好话和稀泥，慢慢化解双方矛盾解除误会，让他们和好如初，这就是做好事。所以说，善良人的行为是出自本身发自内心的自然流露，善良的人做好事从不求回报，也不是为迎合谁，更不为是取悦谁，他们只是遵守了最基本的做人原则："心存善念，本分做人"。正如剧中的刘三好。

存好心，先修身。修身比任何事情都重要，修身养性从自我做起，进行自我修炼自我修养。金玲知道刘三好升任掌珍，心里不平衡，于是，就怀恨在心，三番五次陷害刘三好，而刘三好始终奉行着"谅为高"的人生哲学，本着一颗仁义之心，不计前嫌，以爱心化解一切不愉快。她从不知道记恨谁，好心让她宁静如水，善良让她美的庄重而含蓄，正义与大度更让她光彩照人。这就是金玲在阴谋被揭穿打入冷宫的时候，歇斯底里大喊"为何人人都喜欢刘三好，为何她做什么都是正确的"。

为达目的，金玲用假意的善良来博取人们的信任。表面上看是为保住三好一双巧手，其实她做出代三好试针的决定，本身就是一个赌注。赢了，她就平步青云；输了，也让皇帝知道了自己对三好的"善良"。不难看出，她对三好的这种善良，不是发自内心，而是一种手段，更甚一点说，是为着某种强大的恶俗与非分之想进行的伪装。她见不得别人比她好，过多的欲望让她妒忌心渐长，她为攀高枝不择手段，不惜出卖亲情与友情甚至灵魂，自私与虚荣让她在阴暗中自甘堕落。结局让她最后疯掉，也是让一个丑恶灵魂的皈依。

佛说，有求皆苦；儒家说，无欲则刚；而现代人说，人到无求品则高；我说；平平淡淡生活最好。人生活在世上，总会面临来自生活和工作上各种各样的问题。不管生活或者工作中，保持一颗平常心最好，古往今来，多少人都梦想向高位攀登，高处风光固然好，可是峰高风也大，难免寒冷。所以说，生活理应顺其自然，不去攀比或者羡慕别人，抵制欲望守住节操是做人之本。

托尔斯泰说过"欲望越小，人生就越幸福"这话蕴含着深邃的人生道理。没有付出汗水却想不劳而获追求享受，品行不端修养不够却想得到别人尊重，想要的得不到就牢骚满腹或怨天尤人，都是不可取的。现实中，大多平淡甚至平庸的日子，才是真正的生活，真正理解认识这种生活需要一种境界，那就是最平常的心境。

你是否有这样感觉，在夜阑人静，看着身边鼾声正浓的爱人，给还在灯光下写作业的孩子送一杯水，孩子那暖暖的一瞥。周末，一家人在一起包饺子、擀面，或你在伏案用功，爱人沏一杯热气腾腾的茶端给你的时候，你会感到家庭的温馨与安宁比什么都重要。那样，当你面对物质与金钱诱惑的时候，心还会动手还会痒吗？

生活中的有些东西（也包括感情），是你的就好好珍惜，别人抢不去；不是你的千万别不择手段获取，更不要做违背道德规范之事，心存善良为人正直比什么都重要。多一些理解，少一点抱怨，多读书，多在家人与孩子身上用用心，少钻人堆里闲聊，就会少一些烦恼与是非，生活就会变得简单而轻松。

第六辑

妙笔宅心显本色

诗 意 人 生

每个人的心中都有一颗热爱的种子，有了合适的温度、水分与空气，总会生根发芽，最终吐露芬芳。热爱凝结了人生中的万千情节，比如热爱文字，你就会为写出最美最真的文章而去努力；热爱摄影，就会用心为捕捉生活中值得留住与宣扬的东西而奔波。

有幸结识了一群热爱摄影的人。这是一群寻找美、发现美、捕捉美、留住美的人，这又是一群视热爱至高无上的人。他们来自各行各业，他们可能不舍得花钱奢侈一顿午餐，但是他们舍得上万元甚至几万元买摄影器材。在他们眼里，任何一处景色都会成为镜头里的焦点，都会成为自己心灵的栖息地，他们在理想的王国里谱写着自己的诗意人生。他们说，人需要有爱好，没有爱好的人生是枯燥乏味的，爱好能让平淡的生活丰富多彩，让平凡的人生得以升华。

打开长河网不难看出，那些如诗的画面让人顿生一种融入自然融入美好的感觉，那些画面都是些生活中被人忽略的小情小景，可是都是真实、自然而生动的，每张图片都以丰富多彩的姿态向我们讲述生活里的种种美丽与情趣。生活需要激情，生活更需要乐趣。朋友说："爱好摄影只是选择自己生活的一种载体，表达自己内心情感的一种方式。不管出门做什么，相机随身带已经成为习惯，走到哪里就拍到哪里。在默守自己的精神家园的同时，不断升华着自己的情操与志趣，把对生活与自然的热爱都情寄于山水就是我最大的乐趣"。谁说不是呢，那一张张山水情怀、花鸟鱼虫以及美女靓男都是她心灵诗篇，正是这些心灵诗篇，凝聚了她的生活经验和艺术积累，释放着她对生命、对生活的感悟与热爱。

在樱花烂漫的季节，最喜欢进入林区，在迂回曲折中，感受那颇具朦胧的情景。漫步林间，好似漫步在自己家园子里，面对一树树繁花，就像久别重逢的故交，让人一见顿时倾心，感受着大自然赋予它风韵的同时，又在片刻静谧中细细回味着与之初识的欢欣。后悔自己不是画家，不然这花团锦簇与满天彩霞又成就一幅水墨丹青了。一阵阵灯光闪烁后，那堆红叠翠的自然美景已被朋友定格在相机里。

对摄影一窍不通的我看什么都平淡无奇，而在朋友眼里，美与丑、明与暗都是艺术。比如流连忘返的蜜蜂、飞舞啼啭的小鸟，以及那欢呼雀跃的孩童，其情其景，令被俗务缠身的人羡慕不已。朋友说，那也可能是鸟儿们在幽幽私语，也可能是鸟儿们是在洗去千里飞行、万里奔波的一路风尘呢。多丰富的想象，多幸福的画面啊。就连岸边一棵棵身上长着疤痕的树也引起朋友的好奇，端着相机对着它拍起来没完没了。我怀着好奇围着树转了几圈，除了身上有几个眼睛似的疤痕，没有什么奇特的地方。朋友说："这棵树奇就奇在这些疤痕上，这是风雨摧折或者人为折断留下的伤口，然后在经久的岁月里再慢慢愈合。虽然这些疤痕影响着树干的美观，但是这些眼睛似的疤痕正是它们身上特殊的印记，这正是摄影创作里的美啊"。我说："也可能这些疤痕真就是树的眼睛，眼睛是心灵的窗户，这扇扇开着的窗户里，一定印证了这一湖清水的由来与起始呢"。

翻看朋友的摄影作品犹如一缕暖阳泻进窗口，然后倾泻了我一身，让人舒适又惬意。从那些多彩多姿的画面上不难看出，在摄影者的生活里，从来没有不如意，他们懂得收集生活中每一个感人或者震撼心灵的细节，新颖了别人视觉的同时也让自己的人生多了一份新奇与诗意。望着那一幅幅或是凝眸或沉思，或巍峨或旖旎的山水人物，我在惊奇摄影者的慧眼独具的同时，我只有羡慕的分了。

其实，生活中有些东西对我们来说根本无法留住，就像春天的雪，洋洋洒洒地漫天飞舞，可是一旦落地就被复苏的土地融化。而对摄影师来说就不会留什么遗憾，那个飞舞的过程是逃不过他们的眼睛的，因为他们专门捕捉自然界稍纵即逝的东西与瞬间的美。他们之所以能将美丽留住，正因为，他们心存热爱，才把心底澎湃的激情，淋漓尽致地升华到无忧的境界。

妙笔宅心显本色

——记作家邢庆杰

一次，与几个文学圈里的朋友聚会，大家谈论起自己最佩服的作家时，张书森老师说，在德州文学界，他最佩服的两个人就是任先青与邢庆杰。任老师身残志不残，忍着病痛的折磨敲击出无数脍炙人口的诗歌作品，是我们学习的榜样。邢庆杰无权、无势、无背景，凭借自己对文学的酷爱与努力，从地地道道的草根布衣一步一个脚印儿为自己开拓出一条通向成功的大道，打造出属于自己的一片天空，成为大家公认的作家，不容易啊！

认识邢庆杰还是源于侄子。一个周末，侄子拿着稿件去投稿，我也跟着侄子走进《读写指南》写作学会。一个年纪三十几岁、中等身材、外表憨厚的青年男子客气地接待我们，他就是邢庆杰。一听说来投稿的，那份客气中又融进了不少热情。

二十年前，自己也发表过两篇称为文章的东西，一直为没有机会参加一个文学写作班而遗憾。那天，我拿着自己作品走进邢庆杰的创作室，本意是想参加他的写作班。不料，邢庆杰看了我发表的作品后，笑笑说："凭你的水平，无须加入我这个写作学会了，完全可以加入市作协呀，那里有许多写作上的良师益友，你可以跟他们多学习多交流，会有利于你写作的进步与提高。"

别看邢庆杰外表憨厚，给人的印象少言寡语。没想到，与他谈起来还真是话不少，谈论到文学创作更是滔滔不绝，尤其是说起写小说。他说文学就是万物精华的凝结，而小说又是文学中的一个重要部分，是对心灵的探测与研究，是生命的写实。小说的取材就是来源于生活，实践于生活，然后再用不同于他人的语言表述出来，通过整理、提炼和安排，用文字写出来后，要比现实生活中发生的更真实、更集中、更完整、更具有代表性。

当我们说起他小说中许多虚幻内容都来源于哪里的时候，他说虚幻与真实是统一的，写小说需要灵感，灵感来自丰富的想象力，而写小说就是想象力的实践。比如，你作品中的某些人物或者某些事在现实中不可能真实存在，但在你心中已向往已久，当时你没法把它写出来，而是把它储存到潜意识里了，直到有一天，突然清醒了、想通了，你再用你的笔将其描写出来，这就是你对想象力的实践。有了第一句，接着就会有第二句、第三句，最后就延伸成一个完整的作品。话又说回来，写小说不能脱离现实轨道，虽然写小说可以虚构幻想，但终究离不开生活，离开生活的小说空洞、粗俗没有根基，没有了根基也就没有了未来。

谈到小小说的创作，邢庆杰说，小小说对语言的要求更高一些，第一，要有足够的阅读量，再就是端正态度，不要为了发表而写，更不能带着功利性，那样，你永远也写不出打动人的作品。第二，写小说要怀着真诚，要发自内心，就像厨师做菜一样，同样的原材料，不同的厨师就会做出不同的味道，原因就是：有的厨师用心去做了，对菜品有独到的见解与创新意识。一个作家有没有生命力，关键就是看他是否能够创新。

他还说，没有谁是天生的作家，所谓的天赋是发掘出来的。一部作品，只有经过长期、完整、科学的文字准备，才能准确地找到自己的位置。写小说更是这样，一定要从故事的背面绕过去写，一定不要重复别人，避免一些陈俗老旧的选材角度、立意和情节模式。所以，在文学创作上，不要迷信任何东西，要树立正确的文学观念，有一套属于自己的文学见解。只要你大量地阅读，一定能写出好的作品。

说起自己的创作历史，邢庆杰感慨万千，他说那个年代，那真叫写稿，用手写，即没有文学阅读物，更没有网络。写出来的稿子要跑到很远的乡镇邮局去发，不像如今发稿件，手指一敲击键盘就发出去了，省时又省力。那年代由于自己家庭条件不好，就是八分钱的邮票都拿不出来，他只好将写出来的稿子积攒到一起，攒够一兜子再坐公共汽车去省城投稿。

他说，人年轻的时候，苦也好，乐也好，都是不可多得的积累。他讲起他在农村那些年，一边为温饱打拼，一边为写作而努力。他下过地干过农活，做过泥瓦匠，还做过屠夫等，每当提起当年那些经历，他总是感慨半天。我们都说："邢老师，你如今是名作家了，要啥有啥，就不要提当年农村的那些经历了。"邢庆杰却说："农村是我成长的沃土，有我的根，那些艰苦年代的生活经历与知识积累是我的本，如果没有这些，我岂不成了无本之木?还谈什么未来呢?也不会有我的今天。所以啊，人不管什么时候，不能脱离实际，更不能忘了根本。"

他的话让我想到鲁迅笔下作品，不管是《呐喊》《彷徨》《朝花夕拾》没有离开他的鲁镇与未庄；沈从文笔下的《湘西行》就没有离开他的湘西；莫言笔下的《红高粱》没有离开他的高密；而邢庆杰笔下的作品就是从没有离开生他养他的家乡。比如，小说集《玉米的馨香》《三月桃花开》《风一样消失》等，篇篇都充满泥土的气息，字字那么淳朴、句句都那么厚重。

写作让他从乡村一路辗转走到城市。这一路，有泥泞，有坎坷，更多的还是有开心与快乐。如今，他的文集成了广大读者喜爱的读物。去年，他的小说《风一样消失》获得泰山文学奖，人们一点都不奇怪，用朋友们的话说：他的作品评不上奖才奇怪呢。

邢庆杰说，每个人的成功各有各的渠道与过程，他不会忘记，是农村给了他丰富的人生经历，是家境的贫寒给他了创作的动力。农村的那些日子虽然艰苦，但令他终身难忘。忘不了酷暑夏季忙农活，在劳累一天之后，简单洗漱一下钻进自己的小天地，在书海里畅游，徜徉在文字的世界里，写着万千事态，疲惫的身心就得到了放松，精神也得到充实；忘不了严寒冬季，外出打短工，不管多苦多累，身上始终带着笔和小本，随来灵感随写，尽管手冻得伸不直打着哆嗦；忘不了赶集卖猪肉，只要来了灵感，趴在卖肉的案板上就写，顾不上路人纷纷投来的异样的眼光。

说起今天的成就，邢庆杰感谢自己有个好母亲。那些年，不管家里多紧张，只要他张口要钱为了买笔墨纸张，母亲从没有犹豫过，宁可省吃俭用也满足他的要求，母亲的慷慨就是无声的鼓励，多年来陪伴着他走过了多少艰难困苦，一直到今天。母慈子孝，当有一天我看到邢庆杰为照顾生病的母亲，下班后顾不上回家直奔医院，端屎端尿地忙前忙后，熬红了眼，消瘦了脸，那无怨无悔的样子，就令人对他又多了一份敬意。

以前的朋友都羡慕他如今的成就：本地区文坛上的中流砥柱，有自己的杂志，有了一份稳定的工作，要名有名，要收入有收入。邢庆杰说，这要感谢他以前的苦日子与走过的曲折与艰难。如果不是当年的贫寒给他动力，就不会劈开从农村到城市的未来。

多少个日日夜夜，一盏孤灯，一杯白水，一轮明月，陪伴他远离尘世的喧嚣与嘈杂，在精神的家园尽情地享受自由，享受宁静，享受创作的魅力。在不断地投稿中，哪怕得到编辑的一句：写得不错，继续努力，对他来说都是动力。如果一篇稿子被采用了后，欣喜更是无以言表，感觉世界都是自己的。

作为作协副主席的邢庆杰，本身又是作家，不但继续自己的文学创作，还要不断发现与培养文学创作新人。说得夸张一点，一是为繁荣德州文化，更是为文化队伍输送新鲜血液。他说："如今文学爱好者如雨后春笋般层出不穷，而高起点、高水平的文学爱好者更是数不胜数，可是，最后真正坚持下来的人不多。文学路不好走，不能光凭着爱好，还需要毅力，更需要我们这些人鼓励与提携。有的人有潜力没动力，如果再有动力与我们的鼓励，出成绩成名也不是不可能。”话语不多，字字熨帖，句句入耳。

说起邢庆杰编辑的几本杂志，人们喜欢阅读就是无声的认可与称赞。就说在用稿上，邢庆杰也是本着只要是好稿子绝不放过，不管是老面孔还是写作新手，他都一视同仁。只要看到有发展前途的人才与稿件，他绝不放过，总是在百忙中抽出时间一一回复。有的作者说，写了多少年，投了多少稿件，都是石沉大海，别说退稿，就是邮件回复都得不到，如果不是邢老师对我们的作品不厌其烦地进行点评，指点迷津，自己真就没有信心写了，也不知道何年何月才能发表呢。

人往往有这个心理，对一些初涉文学路的作者，能发表一篇稿子无疑是莫大的鼓励与荣耀，对他们来说就是挖到的第一桶金子，有了第一桶就会期待第二桶、第三桶，无形中就增强了创作的信心。多年来，通过邢老师发现与提携的作者有的已成为当地小有名气的作家，有的已冲出省级走向国家级水平，还有的成了单位的文学写作骨干。

当我们问他，面对这么多稿件你一一回复不烦吗？他说：“不烦，我就是专门做这个的。再说了，如今又不是手写，电脑发邮件这么便捷，只需动一下手指头，为何不给作者回复呢？”他还说，他太了解文学之路的艰辛与坎坷了。他从这条路上走过，也曾经迷茫过，挫折打击都经历过，那个时候多需要有个人对自己的作品指点一下啊。

好多文学爱好者为感谢邢庆杰的鼓励与提携，总想请他吃顿饭以示感谢，邢庆杰总是说：“我编杂志，你们供稿，我应该感谢你们才是。”大家都说，其实我们主要是想找个机会听您当面指点呢。实在拗不过，他只好说：“还是我请你们吧。”

多年来，邢庆杰拿出大半的心思与精力慷慨地用蹒跚的文学路上的文学爱好者身上，他一直认为：“看书、写作，不断挖掘发现新人才是最有意义的事。”他还鼓励我们，要把自己的每篇作品当成春天的花草，要用心去侍弄，要用自己的心思与勤奋阐释出作品不同的芬芳与色彩。

以前，我以为作家肯定是表情严肃，说话咬文嚼字，没想到邢庆杰给人的印象竟是那样平易近人，没有架子。后来说起这事，邢庆杰说，都是行走在文学路上的人，我只是比你们起步早一些，大家是兄弟是姐妹，没什么架子可摆的。

这就是邢庆杰，一个普通作家的胸怀，淳朴又厚道，豁达又慷慨。

散落的生活碎片之一

池塘边

喜欢去池塘边散步，尤其喜欢那溢满池塘的绿荷，还有荷叶上那晶莹剔透的露珠，当太阳出来的时候，便有了数不清的“颗颗珍珠落玉盘”的美妙，微风吹来时，听不烦的喃喃细语，赏不够的仪态万千。

更喜欢那枝枝独秀于绿波之上的莲，端庄雅致，气质非凡，更有清香溢远。周敦颐的《爱莲说》将莲的品质描述的庄重又大方，每每读来都会令人对莲肃然起敬一番：“莲，出淤泥而不染，濯清涟而不妖，中通外直，不蔓不枝，香远益清，亭亭净植，可远观而不可亵玩焉。”生活中那些不与庸俗同流合污而又洁身自好的人不正是具备莲的高洁品质吗？其行廉志洁，又有庄重的仪态，试想，谁还敢对他（她）不敬而侮辱呢？

听人说荷叶有诸多用处，泡茶、煮粥、做枕头等。散步归时，免不了私心严重起来，竟偷偷摘回一大沓鲜嫩荷叶。爱人问：“你抱回一堆荷叶干吗啊？”我说：“泡茶喝啊，听说荷叶茶能消暑降温还能降三高啊”。他翻我一眼，嘟囔着“你又不三高”“可我母亲三高啊”“哦，我父亲也身体不好，你怎么就没想到我父亲也三高呢？”“啊！这个也攀伴啊？”我瞪着他看了半天，很不解也很郁闷，他以前不这个样子，怎么鸡毛蒜皮起来呢。母亲倒是开朗，说："这很正常啊，一个有责任心的男人，生活中除了牵挂着自己老婆孩子，最惦记的就是不在身边的父母了，你们不也是？他有孝心是你的福气。""我的福气？""对啊，你想啊，一个连自己亲生父母都不孝敬的人，对谁还有真心呢？"不愧是母亲啊，教育子女总有自己的一套理论，而且说出来让你口服心服！

牵挂

儿女是父母一生的牵挂是不容争辩的事实，而我们就不可能做到天天牵挂着父母，甚至连他们习性爱好都不清楚。

父母在城里住的时候，总想着抽空给父母做顿他们喜欢吃的饭菜，可每次去买菜又想不起父母喜欢吃啥，倒是父母知道我喜欢吃啥，每天总有可口的饭菜在等着我。我也常常被那一桌子的饭菜所感动，吃前也会感叹一番：有父母在身边真好，你可以衣食无忧，快乐幸福！

想起去年深秋，接连不断的小雨下了好几天。头一天晚上，父亲说："天气预报说明天要降温了，上班多穿点啊。"母亲说："去年我给你做的薄棉裤呢？明天穿上吧。"我嘴上说好好好，心里却嫌他们唠叨，都什么年代了还让我穿那种大裤腰的棉裤，我早就捐出去了。

俗语说：一场秋雨一场寒。第二天上班，当纷飞的小雨夹着丝丝寒气侵入我没来得及换上秋装的身体的时候，我这才想起父母的唠叨有多么温暖。

带父母散步，尽管我走得很慢，但年近八十的父母明显跟不上我，还嫌我走得快，我只好牵着她的手一起走。母亲说："我愿意你陪我一起走，有你在身边，我心就踏实啊。"看看母亲古铜色的脸上密布的皱纹，还有稀疏的白发，内心免不了一阵愧疚，都说老孩小孩，母亲真是老了，老的像小孩子恋大人。

一阵风过，飞舞的落叶像蝴蝶牵着母亲的视线，母亲说："城里的季节也比村里的晚啊，看看，都快立冬了，树叶还是绿的呢。"父亲说："是啊，尽管颜色还绿着，但毕竟季节到了，不知道它们还能经历住几场秋风啊！"看看脊背佝偻的母亲，再看看蹒跚而行的父亲，还有纷飞枯萎的落叶，不知道怎么，我的心一阵战栗，莫名的伤感竟湿润了双眼。

父母一年老一年了，我总以为平时多给他们点钱就算尽到孝心了，从没有去想如今的父母需要的是什么，也没有去想行动迟缓甚至不便的他们即使有了钱也不舍得花，甚至可能有一天永远也不会花了。

显摆的不是稿费是开心

每当收到稿费时，总喜欢给父母显摆一番，目的就是让父母明白我整天趴在电脑前是干正事不是玩，自豪与骄傲免不了溢于言表。母亲说："你家又不缺那点钱花，天天半夜半夜地熬，熬坏了身子可咋办？"我看看母亲，笑笑说："你不懂，这才有意义呢。"母亲一脸的不解，自言自语着："什么意义啊，点灯熬油的，整天不是头疼就眼睛疼，图啥呢？" 母亲怎知，对一个喜欢写作的人来说，稿费高低不重要，主要是作品得到认可，还上了国家级报纸，这说明自己在写作上又提高的一个层次，比得到什么都高兴。

酿的不是酒是心情

几年前喜欢上自酿葡萄酒。程序也是按照说明严格进行，做出来的酒竟也汁浓、色正、味纯。每次朋友聚会，也总喜欢带上一瓶显摆一番。朋友们说，芙蓉镇里有个豆腐西施，你快成了红酒西施了。

在卫生部门工作的外甥女回来，看着摆了一台子的大瓶小罐，说什么自酿的酒不管是质量上还是安全上都没有保证，劝我还是少喝或者别喝，顺便还给我讲了一大堆食品卫生方面的理论。我说我都做了好几年葡萄酒了，也喝了好几年了。外甥女像看天外来客一样瞅了我半天，问我："你没有什么异样感觉吧？"我说没有啊，这不好好的吗。她试着尝了一点，咂摸咂摸嘴说："嗯，还行，只是太费时太麻烦了。"我笑笑，她哪知其中的乐趣啊！

就像喜欢做一件事，虽然看不到成功的迹象，但是，整个过程浸透着自己的劳动与汗水，虽说是苦了点、累了点，麻烦了点，毕竟我亲自尝试过，成功与失败不重要，关键是尝试过程中的那份好心情。

闲暇时光

闲暇时候，喜欢独坐窗前，闲拥一杯流光，既享受茶的香，水的柔，又可以从茶叶的起伏中静观杯中江山；喜欢手捧一卷唐宋诗词，一页页翻，一行行看，一字字读，从"多情自古伤离别，更哪堪冷落清秋节。今宵酒醒何处？"的离情别绪中感受那份凄凉与难舍难分的悱恻缠绵；喜欢从"玉珰缄札何由达，万里云罗一雁飞"的诗句中感受那相思难诉、信物难托的无可奈何；喜欢去李清照的《声声慢》里解读那些深愁、浓愁、与无尽的愁。喜欢夜深人静凝眸窗台上那盆茉莉花，花儿盈盈入眼，幽香阵阵扑鼻，静听着花开，解读着话语，那种无法言表的开心与惬意，只有自己能体会。

人说世间万事，有失就有得。就像穿衣消费，你省去了绫罗绸缎的华贵奢侈，就获得了粗布衣衫的自然清逸；你省去了虚情假意的寒暄应酬，便获得自由自在的独享空间。

“很植物”

余光中的诗中有句：今夜的天空很希腊。“很希腊”，即是很诗意的语言，也是纯洁、干净、湛蓝的象征。的确如此，不管是通过电视画面，还是听去过希腊的朋友言说，希腊的天空真就是碧空如洗，蓝的透亮，不含一点儿杂质。阳光也是灿烂的，爱琴海的碧波在阳光下像绵延起伏的蓝丝绸，柔软光滑。可能是希腊神话传说特别多，或许有神仙飞来飘去的地方注定不受世俗的半点沾染，它的夜空也是纯净蔚蓝，自然也就很希腊了。

你生活的“很植物”。初次听到朋友对我这个评价，着实让我一惊，竟莫名其妙地跟余光中的“很希腊”联想到一起。“很植物”就是淡薄、无欲无求的意思。就像一株兰草，只需一点阳光、一点雨露，一点空气，守着脚下的一方净土，自由自在快乐生长，既美化了环境，还制造了氧气。

记得一次乘出租车，司机竟是一位中学女教师，攀谈中得知她爱人在政府部门上班，按说两人的收入加起来也不少，怎么就？见我一脸不解，她说：“孩子毕业后留在澳大利亚，我放假在家也没事，正好开出租的妹夫一家出门旅游了，自己又喜欢开车，这车闲着也是闲着，所以就悠达着跑跑，这一天下来能挣二三百元呢。再就是，这几年，咱德州变化这么大，吸引着不少外地人都跑来观光旅游，我平时上课忙也没时间，正好趁此机会到处转转，既服务了顾客，还沿途欣赏了风景，何乐而不为？”我不禁对她肃然起敬起来，下车后，对着出租车远去的影子，沉思了半天，她是否也“很植物”呢？

愿望就像供品，尽管落满时间的香尘，但有真诚与祝福融入其中，食之就会倍觉香甜。

早就想出一本自己的文集，用了半年的时间，终于整理完毕，并顺利出版。尽管有些累，但看着自己辛苦完成的作品，就很欣慰。

闲暇时候喜欢捧着自己的文集，一遍遍翻阅，细细品读那些浸满才情与友情的文字，然后再慢慢咀嚼、回味，且久久不愿合上，有孤芳自赏的成分，最主要是喜欢其中几个小有名气且自己欣赏的朋友为我写的评。爱人不解地问我：“你是在欣赏朋友的文字还是欣赏自己的文字啊？”我如实说：“都有啊！”

都说“庄稼看着别人的好，孩子看着自己的好”，这话有道理。自己的作品如同自己的孩子，从开始孕育到一朝分娩，那份喜悦与成就感不是谁都体会到的。朋友们在评论中又把我的文字连同人夸成一朵花，作为生活在凡尘俗世的我来说，也有着俗人一样的通病，那就是：虚荣心。对赞美自己的语言怎么听也顺耳，对赞美自己的人怎么看也顺眼，谁不愿意戴高帽子呢？尽管知道自己的作品被人夸得有点言过其实！

散落的生活碎片之二

家中有老是个宝

上班时候，听几个同事私下嘀咕着中午包饺子，都在为包什么馅而发愁。一问才知今天是冬至。按当地习惯，冬至要吃饺子的。我电话问母亲，让她先把面和好，再下楼买点韭菜等我下班回去包饺子。母亲说，不吃韭菜了，太贵，好几块钱一斤，一斤韭菜钱能买好几棵大白菜。勤俭节约是老年人刻在骨子里习惯，流在血液里的经验，不管身处的环境与条件多优越多富有，永远无法改变。

中午下班，某保险公司在小区发放“爱心白菜”，好像是一家一棵，好多老年人都在排队等待。在楼上窗口观望的父母问我，怎么那么多人在买白菜啊？我说：“免费赠送呗。”“那下午还有吗？”“可能还有吧。”中午小憩一会儿，睁开眼不见了父母，原来老两口拿着袋子到楼下等待“爱心白菜”去了……父母说：吃不穷喝不穷，算计不到就受穷，要想致富就要学会勤俭持家，精打细算。这是祖宗留下的持家经验，也是咱们的老传统、老作风，一说起这些，他们就精神百倍，像老师给学生上课一样毫无保留地倾囊相授。

已是深冬，街上流行中筒靴配靴裤，外加一袭长款大衣，不仅保暖还显得飘逸非凡。一天，上班前收拾停当准备登靴时候，母亲指着那双半高跟皮靴问：“穿着那个东西是暖和啊还是好看啊？像个二鬼子似的。”说着又瞅到我身上修身打底裤，“等等啊”说着颤巍巍从卧室提着一条单长单裤对我说：“怎么不套外套就走啊？快，把这条裆裤套上。”母亲的唠叨与守旧是他们这代人身上共有的特点，尤其是她的举动有时候让人哭笑不得，但静下来想想，每句唠叨里含着多少关心与疼爱啊！

喜欢锻炼的习惯难改。已是深冬，依旧六点起去河边跑步。母亲说，冬天要早睡晚起，六点钟天还黑着呢，黑灯瞎火去跑步对身体没有好处。无奈多年的习惯难改，全把母亲的话当成了耳旁风。一段时间下来，并没有夏季散步后的通体舒泰，相反倒觉得四肢乏力，无精打采。

一个午后，遇到夏季散步时的王阿姨，王阿姨是部队退休军医，平时很注重养生保健。年近七十，面色依然红润，身姿依旧飒爽，言谈举止不改军人风范，虽然略发胖，但从其形体外表上依稀寻出年轻时优美线条。多日不见，见面难免寒暄一番。她说冬季万物要敛藏，从养生学上讲，冬藏首先要早睡晚起。她指着河岸上早已掉光叶子的树木说：“人是万物之一，如果把人比作一棵树，‘四时阴阳’是人和万物的根，“五行阴阳”是人和万物的本。冬季树叶凋谢，而树根则深藏土中，静息休养，树根养好了，来年开春就会枝繁叶茂；若树根没有养好或受到伤害，树身来年就会受到影响。所以，冬季适合静养，像你这样每天跑步一身汗，就是过度。冬季天地气闭，血气伏藏，人不可过度活动，过度活动会使阳气外泄，有违冬季养生道理啊。

王阿姨一席话如醍醐灌顶，让我不禁暗暗佩服起自己的母亲来。母亲大字不识，却有一套养生哲学，什么“早餐吃好，午餐吃饱，晚餐吃少”“冬吃萝巴夏吃姜，不用医生开药方”什么“秋冻春捂”等，经过实践，句句在理，践行必受益。

相守一份真诚

细读《蒹葭》，感叹古人对感情的专一，从始到终没有半句放弃之言。如今的感情，还有多少人愿意溯洄从之？不畏道阻且长？曾经写过一篇《跟着幸福的感觉走》，真挚的情感、切身的感受让人留恋那个年代以及那个年代的人，可是时过境迁，物是人亦非。社会在发展，人类不但进步，就连感情也会随着社会翻天覆地起着变化，以至于让人的灵魂游离于躯体之外，再加上自身的欲望与外界的诱惑，谁还愿意停留在过去的等待与守候里大唱“天地合，乃敢与君绝？”所以说，酸甜苦辣让人增加阅历，忠诚与相守是金钱难买的爱情财富。只有加强对灵魂的本真修养，对感情的一种忠贞修炼，才能抵制一切外界干扰。

知足常乐

很欣赏郑板桥的“难得糊涂”。糊涂让人简单，简单就不计得失，不会认真，所以生活就开心。太清醒就看得太真切，就容易较真，一较真难免烦恼也伤心。除非你拿得起放得下，大彻大悟！纵观世态万象，几度回首，可能你正在为适应对方努力改变自己，也许你正被屡次的“打击”瓦解着信心。对人和事不能奢求完美，放大优点，缩小缺点，一切就会赏心悦目的。人心不足蛇吞象，对生活对别人总是这要求那要求，还逐步提高升级。从没有想到环境条件以及现实等诸多因素是否合适。珍惜每天的阳光，珍惜眼下的工作，珍惜陪伴在你身边的每个人。

幸福是一种感觉

子曰：一箪食，一瓢饮，居陋巷，人不堪其忧，回也不改其乐。生活中常听人生活得很累，究其原因就是人太爱面子，端着架子，纠结于某种情节。要想快乐就要快乐工作，简单生活，不拘泥于无谓的攀比与争名夺利，人只因有了攀比才有欲望，欲望一旦得不到满足就会不知足，就会怨天尤人，无形中就会给自己背上包袱，给心压上负担，不累才怪。放下架子，放下面子，踏实工作，开心生活，幸福感自然而生。

朋友

朋友就是不一定给你帮忙，但绝不会推你下去的那个人。朋友彼此不一定天天相见，但是不管是喜怒哀乐就会第一个先想到对方。

当面说你好的人不一定是真好人，背后说你好的人才是真正对你好的人。真正的知己就是那个：遇到高兴的事第一个愿意与你分享，遇到烦恼的事第一个找你倾诉的人。

良知需唤醒

一次跟朋友散步，她说这个社会太缺乏尊重了，先不说别的，公众场合吸烟，最起码，吸烟者不懂得尊重人更不尊重公共环境，被动吸烟者受害程度更深。再就是，一个放学的下午，一辆豪车碰倒一位接孩子的母亲，司机下车不问人是否无恙，倒是围着自己的车前看后看是否无恙，然后白瞪着眼说：算你走运，不然你都赔不起，那位倒地的母亲还没起来，豪车已经疾驰而去，一群人望着远去的车影愣怔了半天，好在那位母亲也无恙。感慨：人心太冰冷，良知需唤醒。

绿色心境

都说冬季是灰色的，而灰色是让人压抑的颜色，而心情也往往会受到色彩的影响，低落，沉闷。野外，寻不到一点绿色，渐渐地也降低了散步的兴趣，留恋起家中的春天。阳台上一盆盆花草无忧无虑蓬勃，虽没有锦绣般的绚丽，也没有枝繁叶茂的繁华，但温馨的翠绿与一室的清雅总会让人感觉春天的陪伴。正如一首歌里唱的“如果春天没有花就像人间没有爱”。有花有绿的世界才美丽才温暖，才充满生机。正如生活，有情有爱才有滋味。

温馨旋律

一个人的时候，喜欢冲一杯香浓咖啡，放一首轻音乐，让灵魂得到暂时皈依。人说，再好的曲子反复听总有厌倦的时候，而班得瑞的这首《追梦人》让我百听不厌。喜欢小提琴的悠扬婉转，喜欢钢琴的激情澎湃。钢琴敲醒曾经的记忆，小提琴触动心底的柔软。一个声音，一段往事，一个画面，一种心情，令人回味。

一轮明月当空，那片幽蓝像浩瀚的大海，月亮则是大海中的那颗明珠。喜欢如瀑的月光，月下漫步，整个人仿佛被沐浴了，通体透凉，头脑也清醒，身心也处于一种放松状态。在外人看起来像是无精打采的我，谁知道此时正在享受一种只有淡定人应有的从容呢，尤其在这个奔跑的时代。

不知谁家窗内飘出熟悉的歌声，伴着如玉的月光一起流淌。那是八十年代的一首老歌，熟悉的旋律在耳边回旋，曾经的心动被唤醒，那情、那景、那校园，让人怀念，还有那唱歌的人。曾经的过往，虽遥远，却仿佛在昨天。

想起去年中秋节那天，给在外求学的女儿打电话，女儿说正在宿舍啃面包，心突然就疼起来，从小娇生惯养，在家时吃东西都哄着吃，怎么离开家后也能吃苦了呢？都说从小娇生惯养的孩子，独立性差。此话也不全对，如今哪个孩子不娇生惯养？记得去年“五一”放假去学校看她，被子叠得整整齐齐，书架衣柜上摆的井井有条，我当时就怀疑是否是她自己收拾的。后来说起这些疑问，女儿说：“您就放心吧，从小受您的“熏陶”，我什么活都会干，只是人都有依赖性，在家时候依赖父母习惯了，出门就不一样了，样样都得靠自己，自己不干没人替你干。”

其实，不管是做人还是做事，过程不能省略。父母是孩子第一任老师，言传身教与熏陶最重要，孩子做不做是一回事，但是必须要她学会与知道怎么做才行。

情漫天河山

天河山，一听名字就让人想到阻隔牛郎织女相见的那条天河，想到那条天河也就想到牛郎织女的传说。天河山水源丰沛，群瀑如飞雪，清泉似鸣筝；天河山奇峰林立，峡谷深幽，植被丰厚，林木葱茏，是镶嵌在太行山脉的一颗璀璨明珠。据多位民俗专家考证，这里还是牛郎织女爱情故事的发源地，2006年被中国民俗学会誉为中国七夕文化之乡。所以，天河山又叫爱情山。

天河山，犹如一块没有被开发的处女地，在独守自己的清纯的同时，也在悄悄绽放着自己的美丽。牛郎织女的传说让这里的一草一木、一花一石，都氤氲着爱的气息，在天河山，人们对与爱情有关的话题百谈不厌。人，生活在繁华闹市，难免沾染一些世俗气息，比如在对待爱情上，思想不同，观念不同，选择自然也就不同。有人选择爱人就是选身份，选地位，选金钱；也有人选爱人如同选街面上快餐店，这家不行换那家，变着花样地品尝，不停地调换口味；而像传说中那样不图名利只为爱情能长相厮守的牛郎织女们在如今已是凤毛麟角。直到有一天，人疲、心倦、味蕾麻木，随着年岁的增加，阅历的丰富，曾经那些“不求天长地久，只求曾经拥有”的观念瓦解了，追求一份返璞归真的感情又成了一种时尚，更成为心灵深处的渴望，对那些流传至今的爱情传说，有一种发乎心底的认同与新鲜感。尤其是近几年，随着当地政府对天河山的开发与开放，一些虔诚的青年男女把这里当成了追求美好爱情、寄托理想愿望的地方。寻爱天河山，情定爱情山，哪怕路途遥远，还是关山重重。

八月七日，我有幸随河北散文学会采风团来到了天河山。

大观楼

我们入住的宾馆叫大观楼宾馆，就在天河山脚下。一进宾馆大门，所见的第一堵墙就是古代讲究人家才有的影背墙。在古代，设计者利用影背墙设计出富有寓意的吉祥图案，既达到美化的作用，还能从图案设计上体现出影背墙文化。大观楼的影背墙上是金陵十二钗的图案，不知道的还以为踏进《红楼梦》中的大观园。且不说图案绘制精美，人物栩栩如生，单就这其中的寓意，就使人驻足图下，马上想到这是一家文化气息浓厚的宾馆。

这座坐落在水上的大观楼宾馆是一个四合院式仿古宾馆，它采用主次相辅、左右对称的格局，布局紧凑、古典富丽。院中间就是一条东西流向的深水溪，溪水是从山上游流下的山泉，人不用出门便可以听溪水潺潺，观鱼虫花鸟。

且不说外观的飞檐峭壁与灰瓦红墙让大楼古朴典雅，但就那将深水溪围成四方水池形的长栏，还有夹着那红漆栏杆、雕梁画栋的大长廊，长廊上方颜色格外鲜明的仿古宫灯，就让整座大楼充满喜庆。每个房间都充满书香气息，稍小房间都挂有各式各样的书法作品或丹青水墨；稍大一点的房间还配有端砚、笔墨、宣纸，晚饭后，还可以聚在一起研习书法，交流心得。也许这里的环境太舒适太幽雅，让我们惊喜陶醉；也许地主的热情好客让我们为之感动。总之，杯杯野山枣汁入口犹如甘醇，让人不知不觉中就进入微醺。晚餐就罢，简单洗漱后竟很快进入梦乡。一夜清凉，没有蚊虫侵扰，更没有山外的酷暑躁动，那感觉不亚于入住繁华都市中的星级酒店。

清晨醒来，淙淙水声不绝入耳，鸟叫蝉鸣在耳畔回旋，你会庆幸自己能有机会置身在“此景只应天上有”的美妙中，同时也羡慕这里的人们每天都生活在大自然的恩泽中，真是是修来的上好福分。邢台市诗词协会任会长说：“天河山就是这样，冬暖夏凉。夏天酷暑侵不进，冬天寒冷进不来，绝好的避暑胜地，真正的人间天堂。

天河湖 鸳鸯湖 蝶仙谷

第二天，我们从大观楼宾馆出发，刚进山门，就见几个背着女孩子下山的男孩，男孩子一脸自信，女孩子一脸幸福。开始，我以为是女孩子们不注意，都崴伤了腿脚，行动不便，才让男孩子背下来的。导游说：“在天河山，这是女孩子为了试探男孩子对自己是否真心，也是为了检验男孩子是否身强力壮，能否担起生活的重担。而男孩子也为了表达自己对女孩子的真诚，另一层意思是为了显示自己的身强力壮，更深一层好像是做给女孩子的某种暗示，意思是：放心吧，我有这个能力，我愿意一辈子做你忠实的靠山。所以，凡是来天河山旅游的恋爱中的男女都把这里当成检验爱情的试金石，尤其是准备结婚的情侣们，只要到了天河山，就坚信他们的爱情被月老绑定，永远不会分开。”原来这样！我大悟。

进得山来，一股清凉透彻心扉，人未走进，便有轰鸣声不绝入耳，像是天际神灵在呐喊，又似鼓动的风云雷电。寻声望去，遥见一道瀑布挂在眼前，这道瀑布叫“飞瀑迎宾”。听导游说，这是爱情广场上的天河湖里流下来的水，天河湖水又是由景区内30平方公里的飞泉流瀑汇集而成。天河湖的水溢出湖面，流过大坝再倾向下方的莲花湖，这样就形成了我们见到的这道瀑布。天河湖的拦湖大坝叫“迎宾大坝”，坝高十五米，难怪瀑布如此壮观。

来到牛郎故里，门上方的圆框内，一个大大的“缘”字好像锁定了人的前世与今生，不然怎么能在爱情山与这么多朋友相识？人生中有太多的机遇与巧合，能够相识就是缘，能够成为朋友也是缘，倘若在此得到一个真心的知己，恐怕就是上辈子修来的缘吧。

鸳鸯湖是供情侣们泛舟的地方，荡舟碧波之上，摇奖的男女心往一处想，劲往一处使，目光交织的刹那，心早已贴在了一起。可能因为有了缘相伴，才有了永结同心的许诺，才有在天愿作比翼鸟的浪漫。碧波中，也有弃奖任意漂流者，往往这时，女孩子趁男孩子不注意，撩起一掬多情的湖水过去，湿了男孩子的衣服，更湿了男孩子的心，那湿是软软的，甜甜的，美美的。男孩子予以回击，顿时传来女孩子一惊一乍的嬉笑声，这笑声极富有感染力，甚至让整个鸳鸯湖沸腾，也让我们这些来此旅游年龄早已天过午的人受到感染，也想跃跃欲试地要加入到他们的队伍中泛舟碧波间，去尽情宣泄自己即将逝去的天真！

蝶仙谷不寂寞。行走在蝶仙谷的林荫小路，脚边就是一湖清泉，湖里舟楫波动，水起涟漪，不时有跃出水面的鱼儿，搅起一阵水声，给这原本热闹的蝶仙谷又多了一道和谐音符。头顶有绿树掩映，身边有蓝蝴蝶追随，满目的青山染黛云雾微微，身着五颜六色服装的人们沿着湖边逶迤前行，宛如行走在水墨画中，那情那景，用王维的“舟行碧波上，人在画中游”来比喻蝶仙谷是最恰当不过的了。

蝶仙谷不孤单。这里绿水盈盈，古木森森，花草奇异，怪石嶙峋。道家认为，万物皆有灵，据说蝶仙谷的一花一草、一石一木、走兽飞鸟都感染了这里的仙气，均可得道成仙。一群怀着诗情画意般心境的人走进蝶仙谷，不是为得道成仙，是为采撷这里足以催人泪下的那些爱情传说。热情和蔼的老会长任征走在最前面，他挡住一株大叶植物，提醒大家绕着走，说这是株有毒植物，名字叫“蛇蝎草”。蛇蝎草的叶子有毒，被它蜇伤后，能让人产生一种火烙般的剧疼和不安的兴奋，蛇蝎草的蜇毒唯有蛇蝎草颈柄的汁液才能解开。看任会长那认真负责的样子，宛如长辈庇护自己的晚辈，对他敬重的同时又让人对他多了一份感激。

蝶仙谷不单调。这里红岩层叠，蝴蝶飞舞，鲜花盈盈。最奇怪是这里的蝴蝶呈湖蓝色，飞舞时似蓝色精灵；落下后，又似玉石荧荧，当地人称其为“蓝宝石”。可能是蝶仙谷的仙气感染了这里的湖水，碟仙湖的水也是幽深、碧绿、透着神秘。有人说，与爱有关的一切都是神秘的，不神秘你还会那样孜孜不倦地去探索去追求吗?

银河落九天

再往前走就进入了天河山的主要景区——九天银河了。它发源于天河景区海拔一千八百米的主峰天河梁，长十余里，落差近千米。遥望“似白虹饮涧，玉龙下山，晴雪飞滩。”人们惊诧这宏伟壮观的同时，又暗羡大自然对这一方山水的偏爱。

传说中的天河，也是王母为阻断织女与牛郎见面用金簪划成的“无情河”。从古到今，多少有情人，因受各种条件限制不能终成眷属，《梁山伯与祝英台》还有莎士比亚笔下《罗密欧与朱丽叶》等，濡湿了多少有情人的双眼，那些封建礼教就像天河横隔在他们中间，让他们相爱不能相守，饱受相思之苦的同时，还要接受着叛逆、不贞不洁、不守妇道的鞭笞。看到这些，也就不奇怪一曲曲一阕阕千古遗恨的长恨歌从古唱到今了。

飞流直下的天河水汇成脚下这一泓清泉，湖水溢出湖面越过石坝顺势流向下方，再次形成一帘瀑布，就这样，自上而下形成阶梯状诸多小瀑布。

一块“海枯石不烂”的碑石让爱美的女子们不断变换着姿势拍照留

影。我只知道比喻爱情忠贞的“海枯石烂心不变”，而对于“海枯石不烂”也只好按着字义去理解了，大概是就算海水干了，这里的山石也不会烂。有石头的山才叫山，石不烂山就在，牛郎织女就在，爱情就在。天河山有神仙庇护，有爱萦绕，湖水都不会枯，更何况山石？

天河山上的一切景致好似都与牛郎织女有关，再往前走就是浴仙池，所谓的浴仙池即使七个连在一起的五彩圆池，珍珠串似的排列，当地人称为壶穴。只因壶穴底部呈浴盆状，也正好是七个，传说是七仙女洗浴的地方。据专家考证，这些壶穴是上游激流夹带着石块，经过上亿年的冲刷而成。

情人谷　滴水崖

都说天河山的小瀑流是山的精魂，湖是天河山的眼睛，天河山只因有了水才有了绿，只因有了绿才有了生气与灵气。在情人谷，类似这种柔纱般的小瀑布数不胜数，它们直白而不失婉约，急促而不失从容，它们日夜不息，淙淙滑过山石，掠过山林，融入湖中，叩开了通往爱的大门，见证着发生在身边的与爱有关的一切。不要以为通往爱情的路好走，不是你想象的那么容易，你需要劳动与汗水，真诚与耐心。正如有人说的，真正的爱情是苦根上长出的果、雪域高原上的雪莲，只要你有毅力有恒心，爱情之花就会绚烂多姿，爱情之果就会甘之如饴。

在天河山，通往情人谷的路虽蜿蜒崎岖，但是前往的人还是如潮水般。可能远离现代文明的喧嚣繁杂，来到这爱意浓浓的天河山，没有了任何羁绊与束缚，完全可以自由自在，而山中的大自然又让人内心深处那些压抑着的原本浪漫的原始本性复活了吧。

如果你站在高处远远望去，会看到轻烟一样的小路隐约晃动在青山之间、蓝天之下，不要以为裸露着的山路日晒雨淋着。等你真正走进情人谷小路的时候，可就凉爽多了，只因上方藤萝密布，绿树参天，而且前方阶梯状的小瀑流接连不断，形成这脚下潺潺的溪水，你想热想晒着都难。情人谷让人的情欲回到了原始回归了自然，一队队结伴相拥的青年男女在稍微平坦的地方，卿卿我我，走走停停。等到陡峭难行抓着铁环攀爬的路段，不得不分开相拥的身体，但还是你拉着我，我拽着你，一刻也不愿意分开。虽然这些山路崎岖蜿蜒，但为了感受一下情人谷的浪漫氛围，来此，值得。

都说滴水崖滴下来的水富含各种矿物质与微量元素，喝了能延年益寿。可能是这繁华盛世让人有太多的欲望；也可能是生活在身边的人和事可心又如意，一辈子在一起也爱不够分不开。总之，祈求健康长寿享受美好生活是每个人必有的正常的心理反应，这种反应体现在行动上，就是大家纷纷跑到崖下，伸手接住这传说中的圣水，尝一口，清凉爽口，细细咂摸，竟有丝丝甘甜遗留唇齿间。一个个不顾飞旋的水花溅湿衣衫，也不顾脚下的水打湿鞋子，全然没有了平时淑女的矜持与绅士风度，好像是喝了这山泉就会青春永驻，就会长生不老。

牛郎庄 织女庙 冀南银行旧址

走进牛郎庄已近中午，炊烟袅袅里，早有饭菜的香味扑鼻而来，既来之则安之，每人一碗牛郎庄小吃——绿豆凉粉，滑爽不腻，酸辣可口。站在牛郎庄的高台处，便可以望见牛郎织女隔河相望的头像，鹊桥就连接在他们之间，我惊奇着智慧的人们是如何把这座木桥横在两山之间的。导游问有没有谁愿意到鹊桥上走走，都说，还是不去了。都是生活在凡尘俗世的凡人，古人的“两情若是久长时，又岂在朝朝暮暮”固然令人钦佩，但未免太凄惶太长久让人太相思。如果真的像他们那样一年一次相会，恐怕谁都不愿意，长相厮守，朝朝暮暮才幸福。

听说织女娘娘能保佑爱情天长地久，据说，凡是去织女庙祭拜过的恋人，婚姻一定美满幸福。织女庙内，早有一对青年男女在织女像下跪拜，看那虔诚的样子就知道，这定是一对热恋中的男女，拜完后出来，女孩掏出一把金光闪闪的铜锁，神色庄重地锁在庙外的铁链上，好像也锁定了他们的爱情。铁链上早有成串的新旧不一的铜锁锁在上面，新的在阳光下金光闪闪，旧的早已锈迹斑斑，男孩接过钥匙扔向悬崖之下，然后拥着女孩继续前行，只留下成串的铜锁在山风的摇晃下相互拥挤着、碰撞着，如银铃一般。

冀南银行旧址是中国人民银行的前身，始建于1939年5月，当年，为了躲避日寇的扫荡，冀南银行才搬进山里，这里地形复杂，地势险要，再加上首任行长高捷成带领全体员工提高警惕，善于伪装，日军数次大扫荡，飞机大侦察都没有发现他们的任何踪迹。这里的一砖一石一草一木，都见证经历过当年的动荡不安，享受着如今的盛世太平，沐浴着大山的关爱。它们是一个时期的符号，它们将一段峥嵘岁月遗留在大山里，等待后人来参观来感受。

野果树

天河山野果子树特别多，野桑葚树，野核桃树，野柿子树，野板栗树到处都是，最有意思的是那些板栗树，哪怕是只有一米见高的小板栗树也是果实累累，在这个崇尚自然、崇尚绿色的年代，这些就是天河山的宝贝。朋友羡慕地说："天河山不仅盛产爱情传说，还物产丰富，真是羡慕生活在这里的人啊！""这叫一方水土养一方人啊。"名山生秀水，秀水出人杰，天河山钟灵毓秀，凝聚着天地间之灵气，孕育着优秀人物，这不，每一个随行的天河山人都是诗人，每到一个景点都能出口成诗。比如在蝶仙谷的入口处：任征老会长的七绝《夫子岭千年古柳》：杨柳从来依水生，此公独上最高峰。风刀雪剑枝犹健，信是天生地育成。范峻海先生的《题牛郎庄》：蝶舞潭香瀑弄花，云间织女浣流霞。牛郎含笑迎行客，绿水青山是我家。由此可以看出他们深厚的文化底蕴，令来此游览观光的人赞叹不已。

最令我难忘的就是满山的野山枣，颗颗山枣如珠似玑，绿莹莹挂满树枝，据说野山枣营养价值极高，天河山的野山枣，绿色、环保，又无污染，是真正的绿色食品。它不仅像其他水果一样，具备人体所必需的多种微量元素，并含有大量的维生素C，维生素E，具有防病抗衰老与养颜益寿的作用。所以，当地人招待客人常用的饮料就是自己生产的山枣汁。

千层梯

爬过不少山，像天河山的台阶连续一千层少见。那条石阶山路像是从天上卸下来的云梯，直直地挂在我们面前。导游说，翻过这座最高山峰就是广袤的绿草地了。如果谁不想上去，可以顺着原路返回。三十个人竟然没有一个打退堂鼓的，没有人愿意走回头路。登上最高峰的台阶有点陡也有点险，每个台阶只有一只脚的宽度，且两边没有扶栏，一向恐高的我被大家的勇气所感染，竟然没有害怕更没有退却，手脚并用奋力前行。有人笑着说："你这真叫爬山啊！"是啊，不管怎么爬，到达山顶就是赢家。

正如人生，再苦再难也要朝前走。也许一路上风光旖旎、五彩缤纷，人生的改变就在那一瞬间，只要把握好每一个可能的机遇，人生就会少一些遗憾；也许这一路的风景并不像你想象的那么完美，留点遗憾，也属正常。现实生活中，正因为不能走回头路，人们才学会珍惜现在，才懂得开拓未来。

天河山的美景数不胜数，在这里我不能一一细数。"七仙柳"、"土绛林"、"夫子岭"、"云顶林海"等，都是天河山不可多得的树种与自然景观，只要你有机会，不妨来天河山亲自游览一次，体验"天下第一漂"的惊险刺激；去"天下第一牝"与"性文化博览馆"了解人类的起源，解读两性密码。

天河山虽没有江南诸山的明丽，没有北国群山的雄壮，然而她高低掩映，峰脉相连，水林丰沛，山岭俊美，更主要的是她能让你感受爱的浪漫，找到性爱的真谛。它像一部自然教科书，等待你来学习、解读、研究；又是一幅自然山水画，等待你来品味去欣赏。

天河山，你这生命延续的灵山，你这座象征着爱情的圣山，从古到今，你见证了多少恋人坚贞不屈的爱，他们在你的怀抱找到了爱的极点、爱的尊严、爱的意义。他们的爱就像天河湖的水一样，清澈湛蓝，一尘不染。所有的爱情在外界，不管相互间的音符多么不和谐，只要来到这里，都会变成爱的律动，犹如四时不谢的鲜花，灿烂而又夺目地绽放。

黑 名 单

陈昕三十五了还一直单身，介绍对象的人也不少，不是人家看不上她，就是她嫌弃人家，用好友田静的话说，陈昕哪是看对象啊，简直就是去应付公事。

这天，陈昕休息，她和报社工作的好友田静正通着话，一个电话打进来，陈昕一看又是这个号码，她气就不打一处来。自从田静自作主张给自己登了征婚广告后，陈昕的生活就没有平静过。本来嘛，征婚启事上的条件：大本，美女。谁不追求啊，有的男的就算不是单身，也想打打歪主意呢，所以，只要有电话打来，一看号码不熟悉，陈昕不是挂断就是任凭响铃就是不接。久而久之，有些人就会知趣地不再骚扰。只有一个人，这两年从没有间断，每天一个信息，铁定的那句：只要你一天不结婚，我就有权追求你。如今这个电话又打进来，陈昕有些烦，心想，天下竟有这样死皮赖脸的人，干脆直接将其打入黑名单。田静也多次劝她，说单凭这个人两年来持之以恒的精神就令人感动，不行你就见见？行就谈不行就算。陈昕只是笑笑，田静哪知道，陈昕在恋着一个人。

十五年前，陈昕在省城一所大学读书，在一次同乡会上，结识了另外一个班的同乡刘俊峰，英俊的外表，不凡的谈吐让陈昕一见倾心。刘俊峰见到陈昕后也表现出少有的好感，从那以后，陈昕明显感到，每次老乡聚会，总有一双眼睛在关注着自己，她估计那就是刘俊峰。

转眼，几年的大学生活就结束了，刘俊峰考研去了外省的一所名校，陈昕分回到本县的一所医院。上班的第一天，陈昕收到一条信息：你愿意等我吗？是陈俊峰的。她想都没想，飞快回复：愿意！

从此不管更新几部手机，陈昕的号码都不会换，她怕刘俊峰找不到她。

刚上班那几年，介绍男友的人也不少，不管是多么优秀的条件，只要一想到刘俊峰，她二话不说就直接拒绝，因为，英俊的刘俊峰一直坚不可摧地在她心灵深处占据着。每到同学聚会，她总是想法设防打听刘俊峰的下落，有的说，他留在外地了，也有的说他出国深造了，还有的说他成了一个富豪的乘龙快婿。总之没有了刘俊峰的任何消息，从前的手机号也成了空号，他像是从人间蒸发了。

这天，陈昕百无聊赖中登录田静发给她的大学校友QQ群，一个叫“回到从前”的人，每次只要陈昕登录QQ，对方就找她聊天。从聊天中陈昕得知，自己与对方是同年同级的，只是不是一班。陈昕隐约感觉到什么，这个人的情况怎么这么熟悉呢？她突然想到刘俊峰，紧接着自己又连连否定，不可能，不可能这么巧。尽管如此，但每天晚上等待对方上线几乎成了他们无言的约定。

随着时间的推移，他们在网上逐渐熟悉起来。“回到从前”有一个幸福美满的家庭。他平时没上网聊天的习惯，是这几天老婆出国考察了，为打发寂寞的夜晚才聊天，没想到竟然真遇到同校的校友。当对方知道陈昕至今单身，在等待当年的初恋时，随即打出一个惊讶的表情。说：没想到世界竟然又出现一个痴情种啊！他说另一个班的团支部书记喜欢上自己班的一个女生，但这个女生好像对他没有那意思，他知道那个女生喜欢他。陈昕一激灵问：那你喜欢那女生吗？“回到从前”说：我不可能喜欢上一个小县城出来的女孩。陈昕心像是被马蜂蜇了一下，一阵刺疼。

想当年，陈昕在班里年龄最小，人说不上多漂亮，但属于招男生喜欢的那种。她们班的团支书就暗暗喜欢陈昕，陈昕自己也隐约能感觉到，只是陈昕对团支书没感觉，她相信一见钟情，她喜欢刘俊峰，她相信刘俊峰也喜欢自己。如今，这个"回到从前"怎么感觉就是刘俊峰呢？

陈昕本来就是个沉稳文静，遇事沉着冷静的女孩。这些年，随着年龄的增长与见识的增多，陈昕更加沉稳了，尽管她隐约感觉对方就是刘俊峰，但她没有急于道破。十几年都等过来了，还差这一会儿？

陈昕试探着问"回到从前"：那么你们现在还联系吗？

"回到从前"说：从毕业后就没有再联系，只跟那个团支部书记联系，因为我们同在一个城市。

哦，陈昕又打了一个问号，示意对方继续说。

"回到从前"说：跟你说个笑话吧，当年我知道他喜欢那个女孩，但我知道那个女孩喜欢我。所以我们俩就打赌，同时给她发信息，看看她先给谁回信息。结果那个女孩马上就回复说等我。这家伙不死心，还说："只要她一天不嫁给你，我就有权追求。"

陈昕内心一阵悸动，问：那你喜欢过那个女孩子吗？

"回到从前"回复：切，我怎么可能，只是觉得她单纯挺可爱的像个娃娃，想逗逗她玩罢了。我倒是挺佩服那个傻团支部书记，当年我们俩一起留在珠海，那么多漂亮女子，他就是看不上，至今还单身呢，天下竟有这样的傻瓜蛋。

陈昕只觉得心里一阵刺痛，颤抖的手竟然打不出一个字来。

"回到从前"问：你怎么了？怎不说话呢？

陈昕说：没什么，感觉累，想休息了。她毅然将"忘记从前"从好友里彻底删除后，设置成拒绝任何人加为好友，关上了电脑。

夜已深，陈昕一点睡意也没有，眼泪打湿枕巾竟然不知。

第二天，起床后，陈昕第一件事就是打开手机，取消了黑名单设置。

第七辑

凌寒红杏报春来

凌寒红杏报春来

在其他树木还呈现着灰炭枝桠在春眠中的时候，杏花已经不声不响地开了。

古人有诗“沾衣欲湿杏花雨，吹面不寒杨柳风”。只因杏花开的时候，正是春草萌芽、岸柳吐翠、春雨纤纤、和风拂面之时。

每到这时节，蛰居一冬的虫儿、鸟儿们开始苏醒纷纷出动，都在探头探脑地搜寻着春天的气息。那破土的春芽，化冻的河水，吐翠的杨柳，还有早已开得灿烂的杏花，足以引的它们的好奇。就连楼下的小花园也恢复了以往的热闹，一群退了休的中老年人，每天就像上班一样，到点就集合，在花园的一隅吹拉弹奏，歌声悠扬着，让这个原本就热闹的小区又多了份和谐的音符。

知道杏花开，还是在早晨散步的时候，偶见小区花园外的篱笆墙上，一丛蔷薇刚刚匍匐在墙头上抽芽吐翠，一支白花花的枝条就明晃晃地伸出墙外，顺势搭在蔷薇架上，在一片葱郁中耀眼而夺目。春光满怀，杏花映眼，心情也多了几许灿烂。再看那探出墙头的杏枝，任谁也挡不住、拉不回的执拗性格，让人对其倒也产生了几份敬重。毕竟人与植物皆是有生命之体，向往光明与美好是理所当然。

听人说，东郊区有一片杏林，这个时候恐怕也早已春色满园了。在一个阳光明媚的下午，与三五朋友驱车，直奔那片饱受河水滋润，独守一方清净，在喧嚣尘世里，优雅着、芬芳着的杏花林。

人未到，早有香气飘来，不浓也不烈，清清淡淡还有丝丝甜掺杂其间。半开的杏花，淡胭点点，含羞娇艳；盛开的杏花，洁白如云，姿态娇艳。在咋暖还寒的季节里，它开得白、开得灿烂、占尽了春风，热闹非凡。

如果不认识杏花，单看它的形状就很难将她与梅花分辨开来。白的胜雪，晶莹剔透；红的似胭，淡霞般绚烂。我不知道河边的这些杏树到底生长了多少年，单看那硕大的树冠，低垂的枝以及遒劲的树干，就知道已有数年。它们临水而立，像一位位饱经风霜的老人，静观这一碧清流，安享着一方太平。

有调皮的孩童攀援登树，惊飞落花一片，雪片似的花瓣纷纷洒落水中，形成一溪雪白的花流，风一过，清波回旋。难怪宋人王安石在欣赏着水边的杏花时产生无限感慨："一波春水绕花身，花影妖娆各占春。纵被春风吹作雪，绝胜南陌碾作尘。"他把杏花飘落比作纷飞的白雪，真是再恰当不过。身边这清水绕杏树，岸上繁花簇簇，水中花影绰约，各显着芳姿。此情此景，怡神又养眼啊！

从古到今，可能喜欢杏花的人不计其数，不但喜欢杏花的姿色，也喜欢它的为报答春天不畏严寒，不受约束，攀墙越篱将自己最美的姿态展现在料峭春寒里的举动。古人的一句"满园春色关不住，一枝红杏出墙来"最能体现杏花那种追求阳光追求自由的个性。不知道从何年代起，杏花总让人把她与那些挣脱世俗的藩篱，追求爱情自由，追求自身解放的女性牵扯到一起。

翻开中国古典文学作品，历代女子大胆追求爱情的故事随处可见。东汉《孔雀东南飞》中，刘兰芝、焦仲卿为了爱情而死的举动就已经冲破封建个人与封建家庭的狭小范围。而通过他们对爱情的忠贞、对压迫反抗的叛逆精神，揭露了封建礼教对人的摧残与束缚，也寄托了人们对爱情婚姻自由的热烈向往。

杜丽娘，一个中国古代文学史上最有特色的典型。《游园惊梦》中是这样描述的，杜丽娘梳妆打扮，准备游园。内心深处，却是"剪不断，理还乱，闷无端"。因为"闷"，她要游园。她孤零零伫立在重宅深院，在莺鸣婉转里，心儿被春光撩乱，春梦开始苏醒。并透过菱花镜，惊叹着自己如此的美貌，一边为自己的美貌进行自我欣赏，一边又为自己的美貌和情思无人赏识而惋惜。在现代人看来，她惋惜的不是孤芳自赏的矜持，而是一种无人理解、知音难觅的感慨。“如花美眷，似水流年”看到游丝被微风吹到庭院中，她觉得春光易老，随之产生触景生情的怅惘，暗自叹惜的忧愁和无可奈何的自慰。

“原来姹紫嫣红开遍，似这般都付与断井颓垣。良辰美景奈何天，赏心乐事谁家院”，一边是莺啭催动的无限春光，一边是枯燥单调的闺阁寂寞。所以，杜丽娘便产生了向往自由、向往爱情的热望与追求。所以就有了那场游园惊梦。

杜丽娘要求爱情解放的心声，唤醒了《红楼梦》中的林黛玉。这位“心痛神驰，眼中落泪”的少女便“如痴如醉”地接受了前辈的精魂，踏上了离经叛道的艰难路程。她在大观园过着寄人篱下的生活，常常以花自喻，并用花的凋谢来哀悼自己，她羡慕花能尽情享受春光，而自己却不能过自由生活。为此，她用如泣如诉的笔调，悲哀地抒发她抑郁心底的忧伤和悲愤。她会为一朵落花而心疼而惋惜，香泪婆娑流满面，也会为宝玉的一句戏言而当真赌气半天。她用她的敏感多疑，用她的反抗，她的痛苦和眼泪，甚至用她的爱情来反抗统治阶级的压迫。虽然她对封建势力的抵抗是那么的软弱无力，但在那时时代，也是敢于追求爱情的先锋了。

喜欢杏花，更喜欢杏花一样向往阳光与自由，敢于追求幸福的女子们，从她们身上折射出广大女子追求个性解放、追求爱情自由、追去婚姻自主的反叛精神。也正是她们的追求与勇气，才给后人留下了一段段传奇佳话。她们就像凌寒而开的杏花，任凭风寒摧，独自报春来。

青春涌动的岁月

一个周末，打理着阳台上的花草，阳光透过玻璃窗，照的整个阳台暖融融的，花盆里的枝蔓朝着阳光的方向极力伸展，张扬着生命的力量，它从不因为被修剪过而停止生长。

也可能是春天让人留恋的东西太多，虽是深冬，心情却还停留在春天里，就像对某一个人、某一件事或某一段时光，从不因岁月的流逝而淡忘一样，而且随着年龄的增长，对那份留恋越来越强烈。

留恋那萌动的一抹新绿，那是一种心情的分娩，是一种生命力的扩张；留恋那清新的春风，那是大自然赋予给万物的财富，是流淌着的一袭暖流，它渲染着卉丝的飘逸，氤氲着百花的馨香。

总之，春天呈献给人们万般景致，它是画家眼里的一幅图画，是诗人笔下的一首小诗，是怀旧时的一段遐想。

记得2012年第二期《读者　原创》中，有一个特别报道栏目：“《那些年，我爱过的人》那是令人难忘的青春，那是一个恋爱的季节，空气中都是爱情的味道。每个爱上的人都仿若烛光，照亮了我们，引导我们一步一步完成饱满的人生。同时，也让今天的我们爱上了曾经那个感情炽烈的自已。或许大部分的爱情早已在一开始就注定了结果，但那个季节的我们总会全情投入，即使徒劳无功，依然永驻心底。”看罢文中那些不避讳、不隐藏真情流露的文字，让人不免在振奋中感喟半天。

想起春季的一个傍晚，在锦绣川散步，遇见在某中学做语文教师的同学，见了面免不了相互寒暄一番。

不远处，一对身着学生装的男女依偎在一起窃窃私语，见到我们的到来，像是老鼠见了猫，撒腿就不见了踪影，同学说那是她班的学生，可能是早恋，然后她长长地叹了口气，说：“如今这些十七八岁的孩子啊，不但身体早熟，思想也跟着早熟啊，这个季节谈恋爱不影响学习才怪呢。”我说：“就看你怎么去对待与引导了。你忘记当年我们的老师是怎么教育我们的了？”她稍稍愣了一下，又仿佛是回过神来，说：“是啊，春天本来就是个万物生发的季节，虽说如今的这些少男少女对爱情的直白与大胆让人喜欢也让人担忧，我还是留恋过去那个年代的我们，能把那份懵懂化作学习的动力！”

那也是一个春季，校园里的一切都呈现着浅绿色，十七八岁的少男少女们，正是情窦初开的季节，对异性的好感与好奇吸引着他们相互走近。那是新来的英语老师：一个新毕业的大学生，一个当时在同学们眼里看上去成熟又文雅的男子。男生被老师不凡的谈吐与优雅的举止所吸引，而女生就复杂了，有异性相吸的成分，更多的是被老师渊博的学识所吸引，用男生们的话形容：老师讲的每节课都似一声声春雷震动，带给我们的是喜悦、是兴奋、是希望。

每一节课也必有几个年龄稍大的男生求教疑难问题，后来才明白，他们问问题是假，让老师单独给自己近距离说话是真，那是一种好感与崇拜的体现，一种朦胧情感的律动。老师认真讲解着，她们也做出专心听的样子，心却跳个不停，当老师问是否听明白的时候，只得涨红着小脸结巴着摇头，老师不厌其烦地重复着再讲，知道明白为止。

记得又一次上英语课，老师说：“不管作为老师还是家长，都喜欢有出息成才的孩子。你们现在的任务就是好好学习，你们现在的年龄不能轻易盲目地动用感情，你们还驾驭不了，更不能把它看成爱情。等你们上了大学踏入社会，对社会对人生有了理解与认识，也就明白老师与家长的用心了。”许多同学也是不负期望，专心致志发奋学习，经过努力走进梦寐一求的高等学堂。谁敢说那些同学当年的努力中没有鼓励？没有老师对学生的几分期许？

几十年过去，岁月也已让当年的那些孩子升级到家长的辈分上，当年的老师也已是华发早生。再见面谈论起那个年代，都说，多年以来，每当想起老师给我们讲课的声音，还像涓涓细流在耳畔回响啊。几个女生说起当年各自内心发生的那些微妙变化，大都没有了当年的腼腆，将内心的那点秘密一股脑抖搂出来：原来那个时候都怀着同样的心理，彼此都相仿着一样的做法，想方设法地与老师接触交流，都是一样的版本，一个程序，大家免不了彼此取笑一番。

当我们问老师，教了一辈子书，也桃李满天下了，对哪届学生印象最深，对哪所学校最留恋呢？老师说："印象最深的当然是你们，最眷恋的还是你们那所学校，因为那是我毕业后工作的起点。说心里话，对那所学校，对当年的你们，我都有一种初恋般的深厚感情啊。"片刻寂静后响起潮水般的掌声。老师说他当年能感受到同学们对自己的崇拜与好感，也理解那份心情，也正因此，才让他更加认真备课，努力地为每一节课做着准备，同时也坚定着做一个好老师、好长辈的决心。

后来想想，那个年代，尽管不懂什么是爱情，但那种喜欢那种崇拜竟然成了彼此努力的动力，那种动力让大家心照不宣地各自为了心中的那个理想与偶像刻苦着发奋着，想来那也是值得纪念的一段时光。那时光里没有包装，没有矫情，没有扭捏作态，没有暧昧，更没有邪念。那段时光一直是我们后来人生路上的一道风景，既美丽了各自心田，也美丽了各自的视野。

去周家庄感受一段历史

金秋十月是丰收的季节，大地繁华隆重，处处硕果累累。

金秋十月也正是旅游的黄金季节，十一长假去哪里玩？这对难得休息的人们来说成了问题。历史悠久，风景名胜，古迹奇绝的地方肯定人潮如涌；天凉去海边既不能游泳又不能踏浪，没多少意义；爬山，人多拥挤还要时时注意攀爬的安全问题。决定，在周边城市转转。

早就听说河北晋州有个周家庄人民公社从1952年至今，依然保持着集体分配形式，他们凭劳动记工分，分口粮，粮田集中耕作，物资统一分配。这种生产队集体管理模式，对于六七十年代出生的我们还模模糊糊有些印象，而对于八十年代后出生的人来说就像一段历史，只能去课本里去体会去了解了。

说起过去，好多六七十岁的老辈们言谈话语中无不流露出对那个年代的留恋，说那个年代集体耕作，统一分配，谁也不争不论，都能吃上饭，贫富差别也不大。在外上班的，一个人挣工资能养活全家等等。想想也不奇怪，那是他们青春闪光的年代，雷锋精神影响着，毛泽东思想鼓舞着，激情在那个岁月里燃烧着，那个岁月让他们体会到自己的价值。所以，谈论起过去，就兴奋得眼睛放光。

受好奇心驱使不觉路远，两个多小时的路程在不知不觉中到达。听村里人说，周家庄乡的前身原是曹同义农业合作社。1958年春，在高级社合并为联村社的基础上建起了公社，命名“黎明人民公社”，同年下半年撤销归属“东风人民公社”。1961年分出以周家庄为驻地建周家庄公社，从1984年改周家乡至今一直为集体经营。周家庄乡有六个村十个大队，一万两千多口人，不设村委会，是全县唯一的乡生产队，并直接归乡政府管。

周家庄的整体让人一看就知道这是一个规划统一、干净整齐的村庄，住户是统一的两层小楼。东西方向的大街与南北方向的宽敞胡同把整个周家庄划分的经纬分明。供农民休闲娱乐的场所在这里也应有尽有，农民文化宫、农民休闲广场，不管从规模上还是从建筑外观上都不逊色于现代城市风格。《社会主义好》《社员都是向阳花》《毛主席来到咱农庄》等代表那个时代的歌曲在空气中流淌着。行走在周家庄，有回归童年的感觉。

沿街与路两旁都是柿子树，此时正柿子成熟的季节，满树红柿子像一盏盏小红灯笼挂着，被压弯的树枝低垂着，望着那红彤彤伸手可及的柿子，挡不住的诱惑竟让人产生要摘一个的想法，但看着从此经过的大人孩子丝毫没有采摘的举动，又为自己的这种自私想法感到汗颜。对公共财产眼不红、心不动让这里的人已形成习惯了。

周家庄乡拥有千亩观光采摘园，每年八月到十月都要举办金秋采摘节。十月份，一些水果蔬菜早已过季，只剩下美国红提（也叫红地球）、皇冠梨、黑粒花生，油光发亮的紫茄子、枕头一样的冬瓜、还有将地皮拱裂纹的红薯，白生生的白萝卜等水果蔬菜供人采摘。

每条通向采摘园的路面都是柏油铺设，两边与顶都是篱笆架搭起来的，上面爬满丝瓜与葫芦让这条路远远望去像一条绿色长廊，只是深秋的葫芦与丝瓜早已不再鲜嫩。别小看这些老葫芦与丝瓜，他们的价值比做蔬菜吃要高的多。老的葫芦可做工艺品；老丝瓜瓤可用来洗碗筷，环保又好用。

长廊两旁就是采摘园，采摘园里早已人声鼎沸热闹非凡。听看果园的老农说，这里的瓜果蔬菜均由集体种植管理，全部施用有机农家肥，不使用化肥、农药、催熟剂等有害物质，都是靠自然成熟，地地道道的绿色无公害产品，所以，每到采摘节都吸引着全国各地慕名而来的人们。

在周家庄，所到之处都有嘹亮红歌陪伴，漫步在绿色长廊里，赏着秋景，在一半清醒一半醉里追忆当年，很惬意。

深秋的采摘园里，只剩下地瓜，花生、葡萄、蹄子、苹果、梨子等果蔬。小时候没见过、或者没稀罕够的东西，总是心底的遗憾，只要见到就感觉亲切。大家决定先下地刨花生，然后再去摘提子。

小时候在农村，看惯了地界分明的责任田，也看惯了品种不一长势参差不齐的各种庄稼。而周家庄的农作物，每一样都是大面积统一种植，看上去很整齐。大片的花生田里也早已有人在忙碌着，大人、孩子、老人三代齐动手，有刨的，有摘的，孩子们可能第一次来到大自然中，撒着欢地嬉笑打闹，个个满头大汗忙的不亦乐乎。嘴上说不是为吃，只为享受一下亲自动手采摘的过程，感受一下劳动的乐趣。手却不闲着，挡不住的诱惑让人也顾不上是否淑女了，捻巴一下上面泥土，剥一颗放入口中慢慢嚼，蹦脆微甜，满口生香。都说别光顾吃啊，先摘满兜子再吃。我说先吃饱肚子再说。

来到提子园，满架的美国红提子像是串串红玛瑙，晶莹剔透。吃一颗肉厚汁甜，味道鲜美。据说这是美国引进的新品种，叫红地球，粒粒又红又大，颗颗珠圆玉润。看园子的老农美滋滋地说今年的提子大丰收，秋后他们能多分些钱呢。当我问起一年能分到多少钱时，老农指着另一位看果园的老农腼腆地说："我们俩最少，我们只负责看园子又不干力气活，除去吃喝，一年也能分到一万多呢。"俗话说，知足常乐，年近七十的老人看上去也就六十多点，红光满面的脸上绽放着开心与满足。"那些女社员们多，总共就干十个月的农活，一年能分三四万呢。"可见，按劳分配多劳多得在周家庄是亘古不变的，都说公平。

有人说在周家庄做个农民也够享福的，庄稼光管种，不管收，都让外地人帮着收获了，而且都是自己拿着钱心甘情愿来帮着收。不知谁说，不管什么年代，也不管什么制度，只要真正给农民带来好处就行。

如果说名山大川能够让你领略大自然旖旎秀丽，那么来到周家庄就能让你走进一段时光，感受一段岁月，了解一种管理体制。那是一段即将被遗忘的历史，却被周家庄延续下来。

周家庄是一个古老又年轻的乡镇，它在保留集体所有制的同时不忘记与时俱进；在搞活经济与发展致富的同时不忘记保持过去的优良传统，周家庄的存在代表着一个时代的符号。游过了周家庄，才明白老一辈的怀旧情结在那里，老一辈人从周家庄能找到自己年轻时的辉煌，新一辈人从周家庄感受到现代的时尚。那个年代的贫穷与落后在这里找不带一点影子，这里留给人们都是对过去美好的回忆。

周家庄是一段历史，更是一道风景。

枣乡行

去过不少地方，也在农村生活了十几年，只见过成片的玉米小麦，像庆云这种大规模的片片枣林还是第一次见到。我在想，可能这里的种植业就是以枣树为主吧，就像其他地方以种植玉米小麦为主一个道理。区别是：一个是经济作物，一个是粮食作物。

俗话说，一场秋雨一场寒。也许是头一天刚刚下过雨的缘故，那天的温度有些低，天气有些凉，林子里还有些潮湿，地有点黏脚。当一树树珍珠玛瑙似的果子呈现在眼前的时候，我早已忘记脚下的路，深一脚浅一脚地直奔树下，跳跃着采摘自己眼中自认为最好的果子。刘月新说这是培育的新品种，其特点是皮薄、个大、肉厚，吃起来脆甜可口。果然，那状似椭圆，个头比金丝小枣稍大，外观比金丝小枣稍圆，颜色半红半绿的枣子，咬一口嘎嘣响，嚼起来甜脆，咽下去细腻滑爽，感觉跟我们平时吃到的枣就是不一样。

大家争相奔向自己眼中最好的那颗枣树，毫不顾惜锃亮的皮鞋沾满了泥巴，全然没有了以往的绅士风度与淑女仪态，大快朵颐着。风趣幽默的高主席不失时机地抢拍着，“大家朝这里看啊，”大家齐刷刷回头，“我看看谁的腮帮子最鼓啊”咔嚓一声，等都反应过来已经晚了，各种各样的表情都收进相机。

最引人注目的还是邢老师的宝贝丫头雅妮。别看这丫头人小，聪明又伶俐。一个幼儿中班的孩子，背诵唐诗不下百首，唱《五星红旗迎风飘扬》能一字不漏唱下来。这让我想起某单位招考事业编工作人员，要求默写《中国国歌》歌词，竟然有一半的人写不出来。出场后，家长鼻子不是鼻子脸不是脸地数落孩子，而孩子也一脸委屈地抱怨家长与老师，平时不提醒，光注重应试教育了，而忽略了代表中华民族精神的国歌。

那天，雅妮作为一行中年龄最好的一个，也是最活跃的一个。大家都夸赞她聪明伶俐可爱，她也不失时机地表现。当看到大家给她拍照时，她又变换着姿势，摆出各种各样的造型。大家都抢着抱她合影留念，这一抱不要紧，她鼓鼓囊囊的衣兜里小枣叽里咕噜滚出来，小雅妮又挣脱着下来一个一个地捡。都说别捡了，树上有的是，咱再摘新的。“不行，妈妈说不能浪费东西”，雅妮一脸认真地说。作家刘兆如感慨道：“这就是庆杰最成功的作品啊。”是啊，每一个聪明懂事的孩子背后，都有一对非常的父母。

我们参观的这片枣林是庆云县林业局科技示范园其中的一块。枣林的女主人是一个四十岁左右的中年女人，她一边带我们参观她的枣林，一边给我们介绍她的金丝小枣，如同炫耀自己的宝贝。她说：“红枣中含有大量的环磷酸腺苷，它能调节人体的新陈代谢，并能增强骨髓造血功能，增加血液中红细胞的含量，经常吃肌肤就会变得光滑、细腻而富有弹性，最适合咱们女同志呢。”说最后这句话的时候，她对着我们几个女同胞，像是故意压低声音，表情中，流露着一份真挚一丝甜蜜。随即她又大大方方地喊道：“大家别不好意思啊，尽管吃，这个季节来庆云，别的没有，新鲜脆甜的小枣有的是。”主人的热情好客加上我们初见累累果实满枝头的兴奋与喜悦，让稍寒微冷的空气里也融入徐徐暖意。

听刘月新说，前几年庆云连续实施“枣牧富民”工程，县委县府动员和鼓励群众广植枣树，并为枣农确权发证，枣树种植业得到快速扩张发展。如今，全县拥有枣树1000多万株，可年产优质小枣10余万吨。近年来，县林业局又与省果科所合作，成功开发了新金丝小枣金丝一号、二号、三号、四号等新品种，这些新品种的特点就是个大、皮薄、含糖率高、不需开枷，不容易裂果。鲜枣皮薄肌厚，肉细、汁多、核小、色艳，甜脆爽口；晾晒半干，掰开后，缕缕细丝，金光灿灿，能拉长一二寸不断。她指着路边那一排排的枣树说，这就是新培育的。我这才注意到一棵棵一行行实验新品种，其枝叶间挤满了果子，红的，绿的，半红伴绿，珍珠玛瑙似的将树挂满。有的形状如小佛手瓜，有的形如宝葫芦，有的形状又像柿子。

望着这品种各异，硕果累累的大片枣林，记忆将我拉回到儿时。村子里有个枣园，那是家族中一个爷爷家的枣园。说是枣园，也就是十几棵枣树被篱笆围起来的园子。爷爷已经七十多岁，因排行老三，我们都称他三爷爷。记得枣树刚坐果的时候，三爷爷就开始在树下搭个小棚子看枣，以防调皮的孩子祸害。在那经济匮乏的年代，那些绿珠般的果子在叶间莹莹闪亮，没等长到花生粒大，就成了村子里的孩子觊觎的对象。每到中午时分，调皮的男孩们总是趁三爷爷打瞌睡的时候上树偷枣子，如果被三爷爷看见，他会举着杆子像驱赶鸟儿一样连喊带唬将他们赶跑。声似雷鸣，身子却原地不动，孩子们像大获全胜的将军，一起分享着得来的果实。最后，干涩无味的枣子又会被扔一地。三爷爷就说："这些祸害们啊，我说现在不能吃，你们就是不听，等熟了再来吧。"果然，大家再不去偷枣子。等到枣熟时候，三爷爷也不食言，果真叫上那几个男孩子来打枣。大家争相打枣，一人举着竹竿敲，几张小脸仰着望，红彤彤的小枣像断线的珠子，劈头盖脸地砸在孩子头上、身上。顿时，嬉笑打闹声溢满整个枣园。那时候，我常常站在三爷爷的枣园外幻想，如果地里的庄稼都变成枣树该多好啊！

多年来，老家的土地上，庄稼一茬接一茬地种着，田园变枣园的梦想也一年接一年地落空。毕竟，梦难圆不是很舒服的事情。每到枣红的季节，枝头被红红的果实缀满，我的心也被儿时的幻想填满。如今，面对这一碧数顷、枣香飘溢的枣树世界，仿佛置身在枣的海洋。看啊，油光闪亮的绿叶间被红彤彤的小枣挤满，就像绿色的天幕下，挂满红光耀眼的星星，给秋天增添无比绚丽与吉祥。我心头微微一震，又仿佛酣梦初醒。蓦然发现，儿时的梦已经在这里实现了。

午餐时，男士喝酒，女士们喝枣汁。浓郁的枣香扑鼻诱人，让从不愿喝果汁的我，忍不住也破例喝了一杯，果然味道纯正，甜美适口。鼎立集团的宣传部长叶凡圣告诉大家，这就是鼎立集团生产的新型绿色饮品—金丝小枣汁，它区别于传统的枣肉型饮料，采用先进的浸提留香技术，完整保留了金丝小枣的营养成分，填补了国内红枣汁饮料的空白。

品着颗颗小枣，我羡慕庆云人的造化与福气，生活在这福地仙境，能天天享受这人间仙果，可以“天天吃三枣，一辈子不见老”，也让我们这些外地人顿时产生一种 “我欲劝求长生者，莫辞长作庆云人” 的欲望。

饮着杯杯醪醴般的枣汁，我又敬佩聪明好学的庆云人，他们用真诚与热爱将丰收的果实经过深加工，酿制出有利于身体与健康的琼浆玉液，造福着一方人民。让脚下的土地生金长银，让棵棵枣树成了摇钱树，片片枣林成了聚宝盆。

蒙山游记

你问，蒙山美在哪里呢？我说，清幽、自然、天成，还有原生态味道较浓郁。

一

久居闹市的我们，初进蒙山，就有一种久违的畅意。这里竹翠环绕，溪流绕经，是一处清幽的好去处。老天也是眷顾我们，头一天还阴雨绵绵的，第二天就云开日出了。雨后初晴的山里，湿气有些厚重，鸟鸣有些稀。人行走在这雾气弥漫中，如临仙境。顺着山路上行，阳光初照雾也稍轻了一些，两边苍松翠柏参天，阳光极力透过树叶的空隙投下来星星点点的斑点，像撒了一地碎银子，两边叫不上名字的花呀、草呀都争前恐后拥到路边。

最好玩的是，这里的蝴蝶非常多，五颜六色。随行的小美女陈妍在追赶着抓一只绿色蝴蝶，一边与蝴蝶逗着圈子一边奇怪地喊“快来看啊，这只蝴蝶是绿色的”。我欣赏着她的单纯与可爱，同时给她讲解着蝴蝶为什么有绿色的。其实自然界里各种昆虫都有自己的保护色，那是为预防天敌伤害而采取的防御措施，使自己的形态、斑纹、颜色等跟周围自然界的物体相似，借以保护自己，估计这种绿色蝴蝶就是让自身的颜色与大自然的颜色相混淆来进行自我防范的。

那只蝴蝶好像被陈妍的美丽吸引，似乎在故意逗她，飞一段就落在面前的草叶上，两翅一合一拢与她对峙着，待她轻轻走近要出手的时候，蝴蝶又不紧不慢地飞走，飞一段折回来又落下，就这样逗着引着牵着……。望着那美丽轻盈翩翩起舞的精灵，不由我惋惜起它们短暂的生命来。

曾看过一篇关于蝴蝶的短文，才知道蝴蝶从破茧而出要经历一个令人震惊的过程。一个茧口，蝴蝶艰难地将身体从那个小口中一点一点挣扎出来，经历几个小时，终于伸展开翅膀飘然飞走。几个小时的阵痛换来七天的飞舞，蝴蝶无怨无悔在这短暂的生命旅程中，以最优美的身姿舞出生命的精彩。想到人生，漫长的岁月有多少人在碌碌中虚度?

行至山林深处，但见一屏微翠烟萝，似大地微微地嘘气，飘飘似翠纱披肩，渺渺像绿雾乍起，给原本叠翠的松林一帘幽梦，让人顿生无限遐想，平添一丝神秘。一块光滑似玉笋般的山石镶嵌在万绿丛里，像是一个石头盆景，大家欣赏着并互拍照留念，拍完还饶有兴趣地查看是否将最美的一瞬留住，一旦不满意就嚷嚷着“赶紧删掉啊，胖的难看死了”，随行的记者夏树青说：“你们哪里是人胖啊，是这块山石太瘦呢。”

二

从记事起就对蒙山有一种特殊感情。那年的一个夏季，常听哥哥哼唱一首《我为亲人熬鸡汤》的歌曲，“蒙山高，沂水长，我为亲人熬鸡汤，添一把蒙山柴炉火更旺，添一瓢沂河水情深意长……”真好听啊！缠着哥哥教给我唱，哥哥说，这是电影《沂蒙颂》里的歌曲，他还给我讲述红嫂的故事。从那以后，对蒙山便有了朦朦胧胧的想象与神往。近几年又听说蒙山有天然氧吧之称，所以，儿时的愿望像沉睡多年的梦渐渐复苏。正好，利用参加笔会的机会，畅游了一次蒙山。

记得刚进山门时，那位卖水果的老人热情招呼我们品尝她的杏。看着那油光光黄澄澄的果子，就让人垂涎欲滴，我有心想买点尝尝可又怕有残留的农药。老人看出我的犹豫，操着地道的沂蒙口音说：“山里的东西你尽管放心吃(CI)，没有农药（YUE ）。”攀谈中得知，老人七十三岁了，耳不聋眼不花，她还能给重孙缝制虎头鞋与小衣服，她说是蒙山的水养人呢。我惊羡她那满口的牙齿与聪敏的听觉，一头银丝衬着润泽有光的黑红的脸庞，她的精神头让我们这些山外人羡慕不已。

可能是身处红色的蒙山脚下，眼前的老人不由我想起战争年代那炮火硝烟中的蒙山六姐妹。当年，是她们发动全村男女老幼，为部队做军鞋、护理伤病员。有时她们一天只吃一顿饭，每天来回几十多里山路，为部队为亲人忙碌着，操劳着。在孟良崮战役中，又是她们带领全村为部队做军鞋500多双,她们还经常在村子或者上前线搞宣传鼓舞士气。她们用女人的勇敢、坚毅、无私奉献，诠释了感动中国的沂蒙精神。

过去，幸福的生活曾让我们心醉神迷过，今天，英雄的实事迹使我觉醒，让我明白了自己今天明天该做些什么，来到蒙山触景生情，怎不令人心潮澎湃感慨万千？那首《花儿为什么这样红》唱得好，花儿红花儿鲜是用烈士的鲜血浇灌，蒙山的绿蒙山的青，是红嫂们青春的奉献。我只有心里默默祝福那些健在的红嫂老人，身体永远健康长寿！

三

平时，我们看这个世界与世界上的景物是仰着头看的。而今坐在索道车上，我们可以仰头看天空俯视看山景。仰头看天，天更广更蓝；俯身看景，茂林修竹，山姿峭拔，流泉飞瀑，各舒奇秀。可惜在索道车上只能看到其大体概貌，并不能身临其中观其详景。正如理想与现实中总是相差一段长长的距离一样，如果时间允许，我真想逐峰逐岭一一寻访呢。

在索道车上隐约可以看到在翠竹环抱中一块平整的坡面，有百多平方米的面积，那是传说中的戏台石。传说这里是王禅老祖看戏的地方，又一传说这原是八仙喝酒听戏的场所。戏台石周围有茂林修竹，淙淙溪水，环境十分静谧幽雅。据说在月朗星稀，万山寂静的时候，会有仙女飘然而至，载歌载舞。又据护林老人讲，夜阑人静的时候,此处常听到隐约的管弦声呢。

不知道是传说诱人，还是对尘世间的喧嚣厌倦，恍惚间腋下竟然生出双翼，翩然落到仙戏台，与众仙共舞神游。灵魂真是个奇异的东西，神游中竟可以得到洗礼，让我抛弃了凡心与俗气，多了一丝淡泊与禅意。

蒙山卧佛是蒙山一大景观。初看，并看不出什么妙趣来，换几个角度，才能看出睡佛的轮括。的确是景如其名，它的头向西天，那上面突起的高点是耳朵，顺势下来是它的脖子、肩膀，身体大半隐在大山的后面。关于蒙山卧佛还有一段传说，传说古代有一个叫羡门子的道人来蒙山经常在蒙山参禅打坐，后来受到一位古仙人的点化修炼成佛，幻化成我们现在看到的这尊卧佛。

生活在纷杂尘世，经常被无由来的烦恼折磨，能找到一处心灵的栖息之地，也是珍贵。我从不专门去庙里朝拜，但是每次路过一座寺庙，总有一种温暖的情怀，而且很强烈。可能是那种处所的庄重神明令人敬畏吧，总感觉自己的心也被放在了供桌上，整个人都平静下来了，不觉间身心轻松起来，竟也多了一点佛心，一些佛性。

在蒙山深处有一座因势而建的桥叫“流碧桥”。溪水从桥间流过，顺势而下流入山涧，溪水清澈见底，像流动的碧玉，四周云雾缭绕，繁花似锦，实乃人间仙境。望着眼前一泓碧水，伫立碧流桥上，心中却平添几分忧虑，思绪似身边飘缥缈渺的白云，漫长而悠远。

来此旅游的人们啊，当你沉迷于这水光山色的时候，是否想到这里的一草一木一山一石被烈士的鲜血浸染过？是否让你有闲情逸致像古人那样醉倒在明月清风里，沉浸在唐诗宋词的柳梢间，诉说着千古风流，寄托着百般衷肠？我在想，不是我们不想着这样，是过多的欲望让我们纯洁的情感已经不堪负重了。

蒙山不孤独。走过不少名山大川，看过不少瀑布，像蒙山水帘洞这样的三叠瀑布是不多见的。远观，酷似一张中国版图镶嵌在崖壁上，飞瀑在青山层岩间奔腾跳跃，像下台阶一样，跳跃翻滚。中间为断崖阻隔，旋即又腾身直泻，形成了飞流奔涌、轰鸣溅跳的叠式瀑布，从约百米高的悬崖上一跃而下，如千百条闪光的银练，气势磅礴。近看，能清晰地看到瀑布水帘旁边的“涛”字，不知是飞檐走壁刻上的，还是鬼斧神工，总之，那云涛松涛水涛汇集成大自然的乐章，透着一股豪爽之气。

那飞泄而来的瀑布在脚下形成冲激作响的激流，然后绕石而下，不时有浪花翻卷着抛出水面，看似朵朵盛开的白莲花。我喜欢水又怕水，在大家的怂恿下，磨磨蹭蹭脱鞋退袜，小心翼翼地摸索下水，脚刚刚探到湍急的水流随即又快速缩回。这时，岸上的人似乎看出我想打退堂鼓，你推我拽强硬拖下水，再想回头上岸看来很难了。心一横牙一咬“下就下，谁怕谁啊”，大有视死如归之豪壮，裤腿湿了半截，胆气也冲天起来了。与他们嬉水笑闹，一惊一乍地打着水仗，完全忘记了自己已是天过午的年龄。

雨王庙坐落于海拔850余米的山坳，那里香火旺盛，钟声悠悠。早就听母亲说过，女人对寺院或庙宇里的钟啊鼓啊不能随意乱敲与撞的，至于什么原因我没有细问。其实早有几个游人在击鼓撞钟了，那钟声悠远绵长，犹如可以穿山越岭一般深深渗入到人的心里，带给我一股清醒与平静。鼓声铿锵而缓慢，听得我心潮澎湃眼里泪花翻滚。这鼓声与节日里欢庆的鼓声不同，节日的鼓声让人振奋，这里的鼓声好似来自天上，又好像来自地心，或者更邈远之处，像是对迷途孩子来自母亲的呼唤声。

雨王庙是道教文化胜地，其实，庙的名气与香火的鼎盛都有因缘的，一座庙宇出名，有的是因为一尊佛而出名，有的是因一棵奇松而兴旺出名，有的是人们求财求官正赶上运气好逐个实现而出名。而雨王庙的鼎盛是因当地雨王神不主富贵，不主福禄，不违天机，不及仕宦。他只管百姓风调雨顺，保佑一方乡民风调雨顺五谷丰登而香火鼎盛的。崇敬之情油然而生，拾阶而上，上香一烛，默默祷告虔诚恭敬再三方才离开。

四

爬过不少山，上山的路一般都是人工凿成的石头台阶，也有蜿蜒崎岖的自然小路。像蒙山这样用圆松木架设的“木游道”实属罕见。开始我不敢走，怕年久经风吹日晒雨淋的不结实，导游说：“蒙山木游道非常坚固结实，除留有休息平台，交通道口外全部为封闭状态。所有圆木全部由优质东北红松原木构成，你尽管放心踏上去走就是。”

走在“木游道”上，没有石头台阶的那份坚硬和沉重，它柔软的特质与富有的弹性给人一种回归自然亲近自然的感觉，它蜿蜒崎岖三千米，每到曲折拐弯处都有一处风景在等你。富有弹性的阶梯承载着大山全部情感与生命，它又是峰岭之间交流的平台。

一路倾听着松涛轻鸣与山泉叮咚，联想着人生以及人的情感与生命。他们承受着人生的大喜或大悲，承担起家庭与工作上的所有重担，承受着来自方方面面的压力，无怨无悔地将风雨一肩挑。弹性生命都想拥有，它因生活中的成功与辉煌而珍贵，它在亲情、友情、和爱情的营养里延伸着长度扩张着宽度。它弹性越大，张力也就越大，也就越久长与珍贵。它与理想同在，并伴随着快乐同行，我氤氲在缥缈的松香里享受着蒙山的原始与古朴。

隔上一段就有一处歇脚的平台，各个平台都有自己的风采，每处平台上小憩者与小卖者讨价还价的善意争论让这条游道也生动起来。爬累了，选一处平台，想象着在此置一木桌，大家围桌而坐煮酒烹茶会是怎样一种兴奋与激动？“高桐深密间幽篁，乳燕声声夏日长”，不时有叫不上名字的鸟儿扇动翅翼，像灰色的精灵渐行渐远，等鸟影渐渐稀疏，只剩下几声呢喃留在耳边。

山外正酷暑难耐，这里却凉风习习，山石润泽而清凉。大家席地而坐，唱一首沂蒙颂，歌声在山里回荡，热情洋溢在每个人脸上。口干了舌燥了，豪爽靓丽的艳红请大家吃冰棒，摊位的主人说：“这些冰棒从山下背上来时还可以，在保鲜盒里盖着棉被也不行，现在可能有些化了呢，就便宜卖给你们吧。”大家口渴难耐哪里还嫌化不化啊，三下五除二解决下肚，一样凉爽解渴甜蜜。

不知道谁喊一声，“无限风光在险峰，出发喽”，大家纷纷起身，却将各自身下清晰的臀印留在石板上，引来一阵哈哈大笑。不愧是记者的夏树青才思就是敏捷，脱口而出“诗人坐石石头湿”，多才多艺的刘大哥“妞妞骑牛牛蹄扭”。“好对”！大家报以热烈掌声。这群来自山外的人们啊，其兴奋与饱满的热情足以将冰凉的石凳捂出汗水。

五

登上最高山峰，云蒙峰景色尽收眼底，放眼葱郁碧绿一片，几乎看不见山石。走过许多山，也见过不少绿，只有蒙山的绿让人叹为观止。蒙山的绿是那种绿的可以滴水的绿，让人生出无限遐想的绿，也是让人怡情生柔的绿，更是让人来一次就难以忘怀的绿。

蒙山的绿用它绵绵密密的思绪编织出大自然的锦缎；山泉用它清澈透明叮咚作响来铺就蒙山一片片清凉的活鲜。望着葱绿的远山，听着婉转的鸟鸣，揽着身边深邃缥缈的云雾，生命似乎也变得葱茏与年轻起来。

蒙山以她自己特有的神韵与特有的从容迎接着每一个来造访的游客，又以自己特有的自在与洒脱奉献给大自然以翠蔚。身边的人都争着抢着拍照留念，将蒙山留在记忆里，将自己定格在永恒里。吸一口新鲜的空气我记住了蒙山的味道；再看一眼葱绿的峰峦，我记住了蒙山的颜色；耳边飘过的蒙山小调，我记住了蒙山的声音；依石留念的那刻，我感觉到被蒙拥抱的力度与温度。

平原上长大的人，出门不是坐车就是开着车再就是骑着车，初次登这么高的山走这么远的山路，腿有些打战腿肚子直发酸呢。找一块稍微平坦一点的山石，盘起酸酸的腿，回味着大山的味道描绘着山的颜色，听鸟儿有一声无一生地应对，任凭山岚有意或者无意地缠绕，眯起因看惯了钢筋水泥灰路黄土的眼睛养起神来。不知道过了多久，直到传来同伴的呼喊声，“怎么？你想在这里安营扎寨啊？前方的风景更精彩呢”，我这才恋恋不舍地起身追赶……

蒙山美景数不胜收，我不能一一访遍。它每天都以宽广的胸怀迎接着来自五湖四海的游客。它静静屹立在山东大地上，镇定自若地迎接着大自然赐予的雨露与阳光。我相信，只要用心去触摸，大山的风景总在朴实中让你亲近，将自己的美呈献给你。

鼓浪屿情结

一首歌曲吟唱多久，一场相思也跟着缠绵了多久。上世纪八十年代中期，正是十几岁的年龄，十几岁是多梦的季节。喜欢一首歌曲与喜欢一个人一样，喜欢歌曲的全部内容，更喜欢去做歌曲里的梦。

怀揣着梦想，就连坐车也嫌慢，索性穿越八千多米的高空去履行当年的承诺。晴朗的天空，临窗而坐，真正体会到什么是天外天。脚下的白云似积雪又似茫茫戈壁，透过小窗放眼远眺，蔚蓝色的天际，时而泛起云花朵朵，时而腾起几根云柱，各色的云烟像是约好似的从四面八方涌来相逢，绞织成起伏不平的丘陵地带。再细细观看，只见云层叠起的山峰上面，长满了郁郁葱葱的森林，一朵立于峰边的蘑菇云，好似一株气度不凡的迎客松。不知怎么就突发奇想，如果坐到机翼上去看云海会是什么感受？真不知道电影里那些特技镜头是怎么拍成的。

看累了眼睛，闭目养一会儿神。打开随身携带的书，嗅着淡淡墨香沉浸在熟悉的文字里。美丽的空姐来送饮料，竟然没听见她不厌其烦地询问“女士，您喝点什么”，邻座的先生提醒着我，道声谢谢的同时，才注意身边的人。奇怪这位“欧洲男人”汉语竟然说的很流利，尽管有些字发音不准。

我小心翼翼地问起是否是华人？他竟然感谢我对他的询问里有“华人”这个词。我纳闷着，他说他是香港人，在杭州一家公司上班，常常有人这样问他“你不是中国人吧”，他很别扭也很气愤。他强调着说自己是地地道道的中国人，从上几辈子就是，并且从小就接受着中国式的传统教育，背三字经，背诵论语。我说可能是您的头发与眼睛让人产生误解吧，他说就是为此，来大陆后，他把头发染成黑色，努力学说标准的普通话。他说，他常常为自己是中国人而骄傲，就连自己的黄氏姓他也再三强调着说是炎黄子孙的“黄”。

由此联想到朋友加入了外国籍，回国来大摆宴席，像要昭示天下，“我从此也是外国人了”。看朋友春风得意的面孔，面对满桌子丰盛的菜肴，我竟然没有一点胃口，不知道是替她高兴还是替她悲哀。有人为自己是中国人而骄傲，而有人为自己加入外籍而炫耀，甚至发狂。外国到底有多大的吸引力，让人不惜一切代价削尖脑袋使劲往外钻？就像那次在商场购物，在试衣专柜，一女子被人夸奖长得像西方人，那女子脸竟然笑成一朵花。

两个小时的航程很快就到了。鼓浪屿，十几年来梦寐以求的地方，好像与相恋已久但从未谋面的恋人多年前的约定，今天终于到了见面的时候，我迫不及待地踏上这陌生又熟悉的岛屿，走进它的怀抱，感受它的气息。湿润的空气里弥漫着浓浓的海腥味，它让我想起小时候，在麦收季节才能吃上的算是改善生活的咸鱼炖菜。这些年，随着生活水平的提高，人们也开始注重营养搭配与保健，不再吃对身体无益的咸鱼，但当年那种又香又咸的味道，至今还让我回味无穷……

在北方，只有在温室花盆里能养植的热带植物在这里满街都是，几百年以上苍老蓊郁的榕树随处可见。已是深秋，这里还是三十度左右的炽热天气，绿荫覆盖的榕树摇曳着赏心悦目的翠绿，给人沁体的清凉。

树下乘凉的当地人说，这个季节正是榕树枝叶繁茂的时期，它正倾尽全力把自己最鼎盛最蓬勃的生命展示给人们。茂密的树枝与叶片将炽热挡在外面，将阴凉留在树下，叶片油油地闪着光，仿佛一碰就有汁液流出。树干树枝上不断生出的根须下垂着，就像耄耋老人的胡须，又像绵绵情丝柔柔长发，每天接受着双双素手的爱抚与缠绕。生命有强有弱，有的根接不到树下的泥土悬在半空中干枯，有的则垂直扎到地下泥土中，根深蒂固之后，慢慢就长成新的树干，知道的，这些树干是树上的根须形成的，不知道的还真以为是多棵榕树组成的。这独木成林，落地生根的海岛榕树，你诱惑了多少文人的深情，又缱绻了多少顾盼生辉的双眼？

棵棵挺拔笔直的槟榔树，如果不看树顶宽阔的叶片，不看松散的花串，单看树干，就像亭亭玉立的少女就足以让你心生爱慕，也难怪槟榔树又叫玉女树。记忆中，一首《采槟榔》的老歌曲此刻在耳边回旋“高高的树上结槟榔，谁先爬上谁先尝，少年郎采槟榔，小妹妹提篮抬头望，你看他又美他又壮，谁能比他强，赶忙来叫声我的郎啊，青山高，绿水长……”树上已见不到槟榔的影子，那采槟榔的少年何时再爬上高高的树上采撷少女的目光？

“结庐在人境，而无车马喧”，鼓浪屿是一个没有车马行迹的小岛，这里没有机动车，也就没有喇叭声鸣的喧嚣，它处处透着古朴与典雅。当地人以步代车，倒也悠然自得。鼓浪屿有二百多条大街小巷，一曲一折的小巷向更深处延伸，引诱着你不停地前行。一栋一栋风格各异的古老建筑隐没在树影深处，让人充满好奇与幻想，又仿佛向游人诉说着几百年的历史。我在想，每个深深的庭院里可能都有一段历史在等待你去解读吧。

青青的石路上刻着的音符，让人想到这是一个流淌着音乐的岛屿。听岛上的人说，这是《鼓浪屿之波》整首歌曲的音符，岛上的大人孩子没有不会唱的。是啊，鼓浪屿本身就是像一首曼妙的钢琴曲，海水鼓起的波浪声就是流淌的音符。这不，路边的海岛歌手正弹着吉它在唱“鼓浪屿之波”，几个游人不约而同地跟着哼唱起来“鼓浪屿四周海茫茫,海水鼓起波浪,鼓浪屿遥对台湾岛,台湾是我家乡，登上日光岩眺望,只见云海苍苍,我渴望,我渴望,快快见到你,美丽的基隆港，鼓浪屿海波在日夜唱,唱不尽骨肉情长,舀不干海峡的思乡水,思乡思乡啊思乡,鼓浪鼓浪啊鼓浪,我渴望我渴望快快见到你,美丽的基隆港！

听说，每当黄昏,夕阳西下之时,整座岛屿被落日余晖笼罩着,这时，会从一栋栋建筑的窗口传来悠扬的钢琴声,伴着海风,轻轻飘荡在大街小巷。

来到鼓浪屿，不能不去菽庄花园。菽庄花园原是台湾富绅林尔嘉的私家花园，1894年甲午战争清廷失败，翌年割台湾给日本，林维源及其子林尔嘉不愿当亡国奴，迁到鼓浪屿居住。其后，尔嘉建了这座花园。亦爱吾庐，是林家居住的院子，昔日用竹篱笆围起来，并种菊花，主人在欣赏“竹禽茅舍自甘心”之余，对家居情景，颇为自得，故名“亦爱吾庐”。

日光岩，顾名思义，就是第一缕朝阳最先照到的地方。登上日光岩，整个厦门尽收眼底,绿树叠影楼宇林立。远望，海天一色碧波荡漾，阳光下的海面似片片泛光的鱼鳞片，反射着耀眼的光。近观，船影翩跹，直到孤帆远影碧空尽，才收回留恋的视线……从日光岩往下看，鼓浪屿像一艘彩船，停泊于万顷碧波之中，时浮时沉，波光闪闪。又像一盆翡翠盘里的盆景，既有源于自然而高于自然的效果，又不失浪漫与自然结合的艺术手法。

遥望郑成功的石像，不仅让人浮想联翩，三百多年前，他从厦门出发，跨越海峡，驱逐荷兰殖民者，还在厦门、金门建立了海上王国，创设了海上商队，在驱荷复台的战争中，在历史上第一次对西洋人进行海陆两栖的战略进攻，郑、荷两军乌特勒支堡攻防战时，郑成功动用了28门巨炮，无数弹药，占领有利制高点，使得敌人不得不谈判撤出。

三百多年后的今天，作为海峡两岸人民共同景仰的民族英雄，被人神化成了保佑一方平安的神灵。传说在石像塑立之前，厦门海域风浪颇大，还经常遭受台风袭击，1985年，郑成功的石像立起来以后，厦鼓海域就变得风平浪静了。不管传说是否属实，我愿意相信这种传说，也希望郑成功的石像真的有灵，永保鼓浪屿平安。

去过许多地方，每到一处就愿意品尝当地的小吃，每个地方的小吃都给我留下不同的感受。在鼓浪屿，光沿街叫卖的特色小吃就多的让人眼花缭乱，什么糯米糍粑啊，甜而不腻。什么竹笋冻啊，滑爽又开胃。大饱眼福的同时竟忍不住大快朵颐起来，什么细嚼慢咽啊，什么淑女气质啊，全被抛到九霄云外。最好吃的是一种叫“金包银”的蒸饺，这种饺子用藕粉做皮，香菇做馅，透明的皮劲道滑爽，里面的香菇菜馅一看就让人垂涎欲滴。想到听过的一首闽南歌曲也叫“金包银”，尽管歌曲里的内容让人听不明白是什么意思，但吃着金包银，哼唱着《金包银》，竟也备感亲切。

看着不紧不慢生活的人们，听着叮咚流淌的山泉，再看看脚下的石板路，想到了“农夫山泉有点田”的悠闲，鼓浪屿的人们不就是生活在这种田园式的生活里吗？陶渊明的世外桃源也不过如此吧！

书文写尽也难以表达对鼓浪屿的恋卷，只因一个年轻时候的梦，便来到四季如春的厦门；也因一首多年的歌，便踏上音乐流淌的鼓浪屿。踏上归程，收回了散落在鼓浪屿的梦，却收不回遗落在这里的相思情结。

放　下

科长的位子空了将近半年，终于等到局里进行干部调整，对这次调整，强子充满了信心。

论学历，他是正儿八经的本科，比本部门的几个同事都高；论资历，大学毕业后来到这个局工作了近十年，多次代表单位参加业务比赛，还多次拿奖。尤其是从科长高升调走后，科里所有的工作都是他一人干；再就是，这些年来，他本本分分做人，踏踏实实做事，认认真真干工作，多次得到领导表扬与同事夸赞，所以，他认为自己提拔科长的可能性较大。

然而，让强子没想到的是，科长位置的接替人不是自己，而是另有人选。强子有些想不通，虽然他不是那争权夺利之人，但辛苦工作这些年，希望提个一官半职，是一个正常人最基本的要求。所以，那段时间，强子有些心灰意冷，虽然工作该怎么干还是怎么干，但明显没有了以往的动力与激情。

周末回到家，一进门，强子便将满腹心事给家人倾诉。首先是妻子替他不平，埋怨他这半年来都把自己快卖给单位了，除了周末，平时连个影子也见不着；上初一的女儿也从自己屋子探出小脑袋，冲着这个平时因忙于工作而疏于管她的爸爸做着鬼脸；老母亲只能把对他的心疼化成千言万语的安慰。只有七十多岁的老父亲一言不发，听强子牢骚完后才慢条斯理地说："孩子啊，我知道你有学历又有才华，看看你这些年获得的先进个人的证书，就说明你工作也没得说。可俗话说'人家骑马咱骑驴，回头看看挑担的，比上不足比下余'，咱一个农村出来的孩子，靠自己能熬到这步就不错了，你要学会知足才行。

"人往高处走，水往低处流，谁不想进步啊。前几年，科里的几个哥们称兄道弟的，我不好意思争，心思着等他们都提拔后，早晚能轮到自己吧，谁知道……"强子有些委屈。父亲喝了口茶说："古代有首歌叫《十不足》……"这时，在屋子写作业的女儿抢着说："爷爷常念叨，我都会背诵了""终日奔波只为饥，有了粮食又想衣，买下绫罗穿身上，抬头又嫌房屋低。盖下高楼与大厦，窗前缺少美貌妻，娇妻美妾都娶下，又虑出门没马骑，银钱买下高头马，鞍前马后少跟随……"

看着女儿调皮又可爱的样子，强子心里突然有些愧疚，女儿马上中考了，这半年来，她成绩咋样，是否能顺利考上高中，还有报哪所学校等等，自己忙于工作都没顾上问，强子愧疚的同时，一想到这半年，忙工作尽管顾不上家，但也得到领导的称赞与同事的认可，倒也欣慰。但一想到调整的事情，刚刚舒缓一点的心顿时又沉下来。

父亲笑着问他："你都听见了吧？就像歌里唱的，人一旦有了贪心是永远不会满足的。平民百姓就算有那个心也没那个环境与机会呀，只有当了官才有那个环境，有了那个环境容易让人滋生贪婪之念，人容易变质啊。"

父亲说自己活了这么大岁数，虽然一辈子没做官，但也听说官场上的一些事，没啥意思的。官场里没有人情味，有的就是永远的利益。没当官前想当官，当了官后想大官。可是官场就是一个金字塔，越往上位子越少，竞争的人越多，只要竞争就难免产生争斗，明着挤对暗地里使绊子是常有的事。得势了便"春风得意马蹄疾"吹喇叭的，抬轿子的，前呼后拥威风凛凛。可花无百日红，人无千日好，谁都有退休离位的一天啊。在位的时候，为了工作得罪人是难免，被得罪的就想尽办法要报复，可是冤冤相报何时了啊。

强子想起酒桌上听到的一件事。

十几年前，有两个人曾经是同事，同事几年从没有红过脸，称兄道弟的关系走的也不错，就是因为一个科长职位，其中一个被另一个挤对走。走的这位一赌气便辞职下海经了商，凭借自己的聪明才智，没几年的工夫便发达了，成了拥有近千人的中型企业的总经理，也是本市纳税大户。前年，这位企业经理听说以前的那位科长内退并想找份兼职的消息，这位经理便想尽办法高薪聘请他来公司做顾问，这位当年的科长千恩万谢的，还暗自后悔自己当年的行为。

两人尽管是上下级关系，但曾经是同事，相处的还可不错，有什么应酬场合这位经理都带着他去，这位科长看到经理这样大仁大义，再想想自己当年的小人行为时，就感到汗颜，对工作也就更加卖力。渐渐地，他觉得不对劲了，每次出去应酬，经理总是让他带头拼酒，还直呼其名让他这样或者那样的。开始，这位当年的科长没说什么，后来渐渐感觉不对头，想想自己怎么也是一县级干部，被他当成仆人似的呼来喊去的，遇到酒场还要替他冲锋陷阵。等再有应酬场合喝酒时，这位当年的科长说什么也不喝。这位经理当场就翻了脸，当着在座的众人的面指着鼻子就骂上了："不要在这里摆你领导的臭架子了，现在，你拿着我的钱，吃着我的饭就得听我的。我凭什么高薪聘请你？说白了，你就是我养的一条狗，我让你咬谁你就得咬谁。"这位当年的科长怎么也是有头有脸的人物，他恍然大悟，原来人家还记着当年的仇，这是故意当众羞辱他啊。可吃人家嘴短，拿人家手软，谁让自己偏偏是在他手下打工呢。如今让人家当着这么多熟人羞辱也只能干忍着喝下那杯羞愧交加的酒。回家后的第二天，这位当年的科长就一病不起。

父亲接着说，"官场有句俗话叫做'官在人情在，官退人情无'，在位置的时候，养尊处优的被人捧被人抬习惯了，有几个人能承受住退休后'门前冷落车马稀'的失落感啊。"强子觉得，父亲的话虽然有些夸张，但现实中有些现象确实让人伤感。

他想到了去年退休的老局长，局长在位的时候，同事们见到他都点头哈腰像猫见了老鼠，退休后明显就变了样子。让强子记忆最深的是春节团拜，往年团拜都是先去领导家，然后按着顺序一家一家地走。去年初一，大家一起去拜年，对先去谁家大家争论不休，有的说先去新局长家，有的说先去老局长家，最后少数服从多数，先去了新局长家。等到几个都拜完了，有人问，想想还有谁家没去，强子说老局长家还没去呢，不知道谁说“退了的人了，去不去没啥意思了，愿意去你去吧”。当时的强子心里就有股说不出来的滋味。

那天强子去给老局长拜年，老领导先是一惊，继而热情招呼进屋，不知道是感动他的到来还是难过那些该来却没有来的人，眼里分明有泪花在浮动。闲谈起部门的调整情况，老领导感慨万千，说后悔当时怎么就没发现强子这个人才呢，自己认为贴心的那些，现在在路上路遇也装作没看见啊，更别说来给自己拜年了。老领导说以前对他们可不薄啊，有的还是他一手提拔起来的呢。

事情虽然过去了半年，可每当想起这些，强子心里就不是滋味，不知道是替老领导难过还是替有些人的良心难过。

强子起身给父亲倒了一杯水，继续听他唠叨。父亲说：“即使你争上那个位子又能怎样？作为一个部门小头，你要学会跟着领导的节拍走，对上级瞒哄和欺骗，遇事就算你有理也不能硬顶。有时候还要违背着良心去做你不想做的事，孩子，你行吗？知子莫过父，你是做不出来的”

不知道为什么，以前每次回家，强子最烦父亲像上课一样长篇大论地“教训”，这次他竟然没有反感，反而听着有些顺耳了。

强子挠挠头憨笑着“嗯，这倒是”。

“孩子啊，还是珍惜现在的位置，尽自己所能把工作干好，处理好同事之间的关系。咱不求别人说好，只求无愧于心就行啊。我和你母也都是快要奔八十的人了，还能享受几年的天伦之乐啊！”说着说着，父亲声音有些哽咽。

母亲说："行了，孩子想通了，你就别叨叨了。你这老头子，孩子好不容易回来一趟，就唠叨起来没完。"

"这些做人的道理趁咱活着不说，等进了棺材再说啊？"

"老东西，不会说个吉利话啊？"

老两口你一言我一语各不相让，强子也不劝，只管在一旁笑着看这老两口拌嘴。强子突然觉得，功名利禄对自己来说都不重要了，现世安稳，岁月静好，全家幸福平安最重要。

强子吩咐媳妇去炒几个菜，他要与老父亲痛快喝几杯。